New window 新視野201

TigerblueStory

蛋蛋的高度

二師兄

DIE HÖHEN DER EIER

高寶書版集團

／推薦序

一本正經地講幹話

我和二師兄的第一次接觸，始於朋友分享在臉書上的「我家巷口屌打」，整篇讀完之後只覺得三萬六千個毛細孔像喝了豐年果糖一樣，無一不暢快。然而心中久久不能平息的悸動好似摻雜了些許懷舊之情，琢磨許久才驚覺：啊，這不就是當年逛巴哈 KUSO 板時的感動嗎！

在那個「中華大加農」、「鄭公食子」與「原 PO 是正妹」等詞還沒過氣，PTT 的黑特、就可與西斯板依然三位一體的年代，這種如今被稱為「一本正經地講幹話」的歡樂惡搞體就已經逐漸成形了。不同於傳統的諷刺文學，這是一種單純、直白、庶民的狂想，以每個人都可以理解的用詞，把我們生活中流行的各種哏結合在一起，煮成令人拍案叫絕的大雜燴。而二師兄在這個素材用不完的資訊爆炸時代，居然有辦法用這種看起來很猥瑣的題材，以純文字呈現出這種雖然看了讓人大頭和小頭一起困惑，但依然覺得真的很厲害的作品，實在叫人甘拜下風。

現今主流的迷因多為能在幾秒或幾分鐘內看完的圖像或影音，假如各位對現在的迷因感到有點厭倦，不妨讀讀這本書，大喊一下「我到底看了三小」，重新體驗一下最初的惡搞精神吧。

個人對此書的評分：十顆蛋蛋／十顆蛋蛋——好色龍

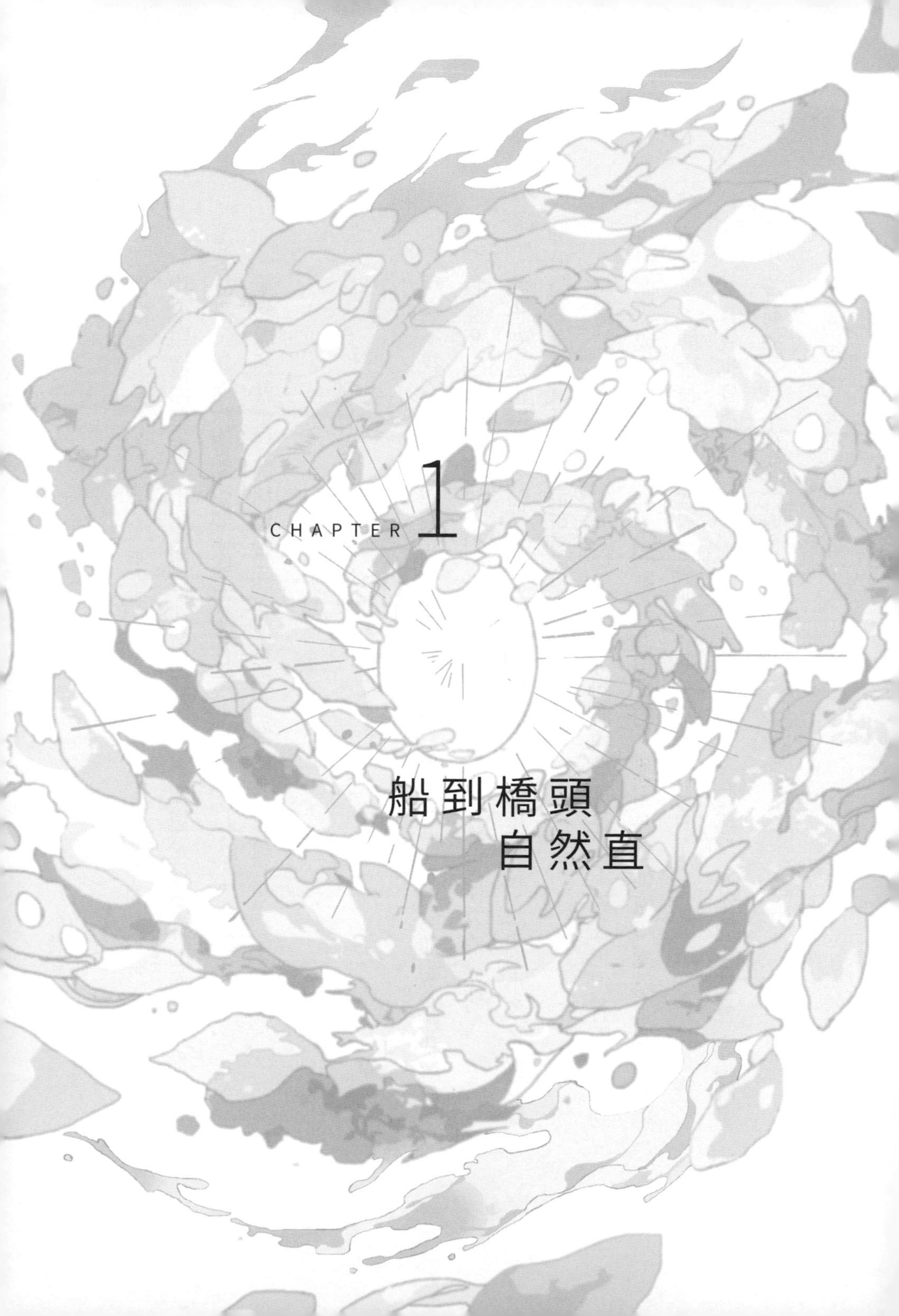

CHAPTER 1 船到橋頭自然直

你好。

我不知道你是誰，也不知道你的遭遇，更不知道是什麼樣的原因讓你看到這個故事，然而你會開始閱讀這份文件絕非偶然。

雖然開頭就這樣問稍顯唐突，但是還請你務必認真想想。

你，有好好看過自己的蛋蛋嗎？

啊啊，我能明白，突然聽到這個問題你一定相當錯愕，還請你耐心聽我解釋。

我姓高，單名一個紈，對，你沒聽錯，就是諧音那個睪丸的高紈。

我也知道很難聽，但我父母堅持紈這個字指的是有錢人家的小孩，他們覺得這個名字很貴氣，一定可以為我帶來財運。

想當然耳，我成長的過程中充滿了同儕的嘲笑聲。不過我也沒有因此感到自卑而變成人格發育不健全的肥宅。相反的，我因為這種處境練就了厚比城牆的臉皮，健康長大成一個不在意別人眼光的驕傲肥宅。

其實我也覺得自己的名字滿好笑的，除了一些無傷大雅的小誤會，這個名字也沒有給我帶來什麼大麻煩。

況且名字都這麼失敗了，其他也沒有什麼好計較的，是不是？船到橋頭自然直一直是我的座右銘。

扯遠了。

總之，我的人生雖然稱不上完美無缺，也算是平安順遂，一直到我二十二歲那年，有一天洗澡的時候，發現了一個驚人的事實，那就是我兩邊的蛋蛋有著些微的高度差。

如果你也當過胖子，就會明白，胖子看見自己蛋蛋的機會並不多。所以發現這件事的當下，我的內心相當惶恐。

怎麼會這樣子？

我是不是生病了？

是因為平常我都側睡嗎？

難道是蛋蛋叛逆期嗎？

還是單身太久，身體開始發現蛋蛋很累贅，長在那邊只會浪費養分，即將要脫落了嗎？

不要放棄希望啊混帳！

驚懼之下，我馬上打電話找朋友求救。

既然身為肥宅，我的朋友自然不多，與其說是不多，不如說只有一個。他的名字叫莊宇翔，外號阿翔。

阿翔是我大學室友兼死黨，唸的是生科系，平時最大的興趣就是研究睪丸，特別是人類的睪丸。

你沒聽錯，這個傢伙大學四年別的沒幹，一有空就在實驗室用顯微鏡觀察睪丸切片，狂熱的程度堪稱蛋蛋魔人。

我一直覺得，阿翔會跟我交朋友，單純是因為我的名字聽起來很像他最喜歡的睪丸。

跟肥宅我不同，阿翔他非常瘦，看起來營養不良那種，平時戴著厚厚的膠框眼鏡，走在路上逢人就用眼角餘光意淫別人的蛋蛋，還一邊嘿嘿嘿地笑，活像個喪心病狂的變態。

令我百思不得其解的是，這樣的怪胎，居然能追到音樂系的系花萱萱，還一口氣交往了六年。萱萱氣質優雅，人又貼心，兩人感情甚佳，幾乎形影不離，是大家心目中情侶的好榜樣。

總之，發現我的蛋蛋長歪後，我腦袋中第一個想到的自然是阿翔。

「喂？阿翔？我現在有急事找你，你能不能來我家附近那間咖啡廳？」我單刀直入地說。

「有沒有這麼急？我在約會欸？」阿翔愣愣地說。

「大概有打手槍打到一半電腦當機這麼急。」我語氣嚴肅。

「幹！這麼急？你撐住！我馬上就到。」阿翔掛掉電話。

不愧是我的好朋友，大概半小時左右阿翔就到了，他走進咖啡廳的時候萱萱也在。

阿翔推開咖啡廳的門，一看到我就焦急地問：「怎麼了？我們剛剛本來要去看電影，你突然說有急事。」

「阿翔。」我臉色蒼白地看著他，難過地說道：「我可能要死掉了。」

「發生什麼事了？」阿翔皺眉。

「我的蛋蛋兩邊不一樣高。」我帶著哭腔說道：「阿翔，你老實跟我說，我還剩多久可以活？」

阿翔一聽到蛋蛋眼睛就亮了，說道：「其實這很正常啊，只是你以前沒有發現罷了。」

我倏地抬起頭。

「大多數人的蛋蛋都是左低右高，也有些人是左高右低。」阿翔拉著萱萱坐在我的對面，笑著道。

聽到我們的話題，萱萱的臉色有些錯愕。

這也難怪，甜蜜的約會為了肥宅的蛋蛋而中斷，任誰都會不高興吧？

不過我管她去死，沒有蛋蛋的人當然無法體會這種苦惱。

「真的嗎？你不要騙我。」我有點不放心地問：「為什麼會這樣？」

「從演化的觀點來看，也許是為了增加生存機率。你想想看，蛋蛋不是我們的要害嗎？萬一兩顆一樣高的話，豈不是很容易撞在一起？」阿翔侃侃而談：「人類從四肢著地演化成雙足行走的過程中，兩腿間的距離越來越近，相對的蛋蛋的活動空間也會受到壓縮，這種情況下，睪丸發展出不一樣的長度，才能避免碰撞，降低風險啊。」

「你們一定要講這個嗎？」萱萱臭著臉。

「真的很抱歉。」我低下頭。

原來是我太大驚小怪了啊。

冷靜下來過後，一陣愧疚感湧上心頭，不過不是對萱萱，而是對我的蛋蛋。

活了二十幾年，我從來沒有仔細觀察過自己的蛋蛋，更遑論站在蛋蛋的角度思考。

我從來不知道，為了人類的存亡，左邊的蛋蛋付出了這麼多努力。

它垂得更低，讓人類可以站得更高，讓我們的種族得以在險惡的大自然中存續。

我羞愧得無以復加，恨不得馬上脫下褲子來跟蛋蛋說聲謝謝。

「其實人類也像蛋蛋一樣，要適時調整自己的高度，才能避免互相碰撞，讓社會文明和諧存續。」阿翔完全沒有察覺女友的不愉快，仍興高采烈地說著：「蛋蛋的高度，決定你的高度。」

我感動到全身都起了雞皮疙瘩。

沒想到蛋蛋除了幫助人類進化，也默默地教導著我們為人處世的道理。

「太偉大啦！」我簡直熱淚盈眶：「我們都要跟蛋蛋學習！」

「不要再說了！」萱萱突然拍桌大叫，茶水四濺。

嘈雜的咖啡廳陷入寂靜，周圍的人們紛紛投以好奇的視線。

萱萱站起身，紅著眼眶看了阿翔一眼，轉身走出咖啡廳。

她向來是個明理的女孩子，突然發這麼大脾氣，我跟阿翔都很訝異。

「不好意思……我好像打擾你們約會了……」我乾笑。

「不會啦，我回去哄哄她就好。」不會看臉色的阿翔不在意地擺擺手，繼續發表他對蛋蛋的崇拜及仰慕。

我們又聊了一陣子，談話內容不外乎蛋蛋對人類的貢獻、其中蘊含的哲理，以及給人類的啟發等等，最後才意猶未盡地分開。

隔天我才知道，當晚萱萱沒有回家。

她失蹤了，手機也不接，所有的通訊軟體都沒上線。

阿翔這才發現大事不妙，發瘋了似地找過每個萱萱可能會去的地方，卻一一落空。

這下糟糕，我從來沒看過她這麼生氣。

我覺得氣跑萱萱自己也有責任，也就跟著幫忙找。

一整天的搜索徒勞無功，天色已黑，我們打算暫作休息。

「如果明天再沒有萱萱的消息，我們就報案吧。」我說。

「嗯。」阿翔點了點頭，沒有再說什麼。

「別太擔心，船到橋頭自然直嘛。」我安慰他。

告別阿翔，我拖著疲憊的身體回到租屋處，卻訝異地發現遍尋不著的萱萱居然站在我家門口。

她穿著一件白色連身裙，輕薄貼身的布料勾勒出纖瘦的曲線，微捲的長髮軟軟披在細白的肩上。

她的眼睛紅紅的，似乎剛剛哭過。

「妳……」我張大嘴，拿出手機就要打給阿翔。

「不要！」萱萱著急地叫了聲，囁嚅道：「不要告訴阿翔……我有話跟你說……」

我緩緩放下手機，眼看著萱萱又要哭出來，從來沒有哄過女孩子的我，突然有點不知所措。

「先進來坐吧。」我嘆了口氣，藏在口袋裡的手悄悄傳訊息給阿翔。

進到屋內，我請萱萱坐下，幫她到了杯水，問道：「妳怎麼會跑來這裡？阿翔很擔心妳。」

「我不知道該去哪裡……」萱萱心虛地低下頭，兩隻手慢慢摩娑著馬克杯。

看到她的可憐樣，我不禁心軟，放緩了語氣：「妳還在生他的氣嗎？」

「沒有，我從來就沒有生他的氣，是我對不起他。」萱萱搖搖頭。

「阿翔很愛妳，發生什麼事都會原諒妳的，更何況只是發個小脾氣。」我說。

萱萱還是搖搖頭，小心翼翼地啜了口馬克杯裡的水，才幽幽道：「你不明白的，有件事，我一直瞞著他。」

難道不是因為昨天咖啡廳發生的事嗎？該不會是劈腿了吧？

我完全不知道該如何回應，只得乾笑道：「情侶間也難免會有祕密，哈、哈哈。」

萱萱神情複雜地瞅了我一眼，咬著嘴唇，像是思考著什麼。

屋內陷入尷尬的沉默，我在內心暗暗祈禱阿翔趕快來把她領回家。

突然間，萱萱像是下了很大的決心，放下馬克杯，彎腰前傾，微微起身，向我靠近。

我們之間的距離迅速縮短，一股清香撲面而至。

「你能幫我保密嗎？」萱萱捏著裙角，發白的指節隱隱顫抖。

她的眼睛又大又亮，彷彿就要滴出水來。

一直把萱萱當成阿翔的女友看，此刻我才想起來，萱萱是個正妹。

孤男寡女共處一室，肥宅我哪裡受過這麼大的刺激，心跳瞬間漏了一拍，嚇得說不出話。

「其實我……一直一直……」

她紅著臉，緩慢地、羞怯地提起自己的裙襬。

萱萱是阿翔的女友。

我不該，我知道自己不該。

但是我眼睛卻著了魔般無法控制，視線跟著裙襬慢慢往上移，看著柔軟的布料滑過她結實的小腿，然後是圓潤的大腿，再往上……

萱萱沒有穿內褲。

我鼻頭一熱，兩槓鼻血情不自禁噴湧而出。

單身多年，沒想到我竟然會在這種情況下看到……

「蛋、蛋蛋！」

我失聲大叫，這一嚇可不輕，簡直肝膽俱裂，手中的水杯框啷墜地。

幹！我到底看了三小！

萱萱居然有蛋蛋！

「我始終沒有告訴阿翔，其實我兩邊的蛋蛋一樣高。」

等等，順序搞錯了吧?!

在這之前，妳還有更重要的事忘了告訴他吧?!

「蛋蛋！」千言萬語積在胸口，我還是只能用這兩個字表示震驚。

「你也嚇了一跳吧？」萱萱露出悲傷的笑容。

「我生下來就這樣了，醫生都說我活不久，算命先生也說我會早夭，但我還是一路長大到現在。」

萱萱靜靜地訴說著。

「你知道嗎？二十幾年來，我永遠不知道自己什麼時候會失去性命，或許是走路的時候，或許是爬樓梯的時候，或許是睡覺翻身的時候……」

我禁聲。

「我不知道蛋蛋什麼時候會相撞破掉，可能是下禮拜，可能是明天，也可能就是下一秒。」

的確，依照阿翔的理論，萱萱隨時都有可能被天擇淘汰掉。

天有不測風雲，人有蛋蛋禍福。

大自然的機制宛若一臺精密而殘酷的機械，容不下蛋蛋一樣高的人類。

等高的蛋蛋，簡直就是上天的詛咒，死神的烙印。

「我這麼自私，隱瞞了這個祕密，自己一個人沉浸在短暫的幸福裡面，我……我怎麼有資格再見阿翔？」

啪嚓。

就在這個時候，接到消息的阿翔推開我家的門，走了進來。

「萱萱……」阿翔震驚地看著背對自己拎著裙角的萱萱，原地石化。

聽見愛人的聲音，萱萱雙肩一顫，蛋蛋跟著一顫。

「妳……」阿翔啞然。

「阿翔，你聽我解釋。」我急忙說道。

話雖這麼說，我也不知道該從哪裡開始解釋。

阿翔沒有理會我，慘白著臉看著女友在自己的好友面前掀開裙子，好半晌才擠出一句話。

「……妳兩邊的蛋蛋……怎麼會一樣高？」

欸欸欸欸欸不對吧?!

所以說你們的重點好奇怪啊！

比起這個，到底為什麼萱萱會有蛋蛋啦?!

「對不起……對不起……對不起……」萱萱低著頭，一遍又一遍地唸著。

「為什麼從來都不跟我說？」阿翔問道。

「我不知道該怎麼開口……」萱萱哽咽。

「妳總該知道，不論如何我都是愛妳的。」阿翔彷彿憔悴了許多。

「我知道，我當然知道，但我壽命不長，怎忍心……怎忍心……」萱萱已經泣不成聲，晶瑩閃爍的淚珠落下，打在蛋蛋上。

兩人對視，一時間無語凝噎。

好半晌，阿翔才呆愣愣地開口。

「萱萱，妳還記不記得？向妳告白那天，我發誓願意為妳做任何事。」

「我記得。」

「這六年來，我發的那個誓，從未有過一絲改變，即使是現在也一樣。」

「謝謝你。」萱萱抬起頭，清秀的臉龐梨花帶淚：「可我現在只求你一件事。」

「妳說，只要妳開口，我一定為妳做到！」阿翔的臉上彷彿發出了光，那是希望的神采。

「我只求你忘了我，千萬別再找我。」萱萱燦爛一笑。

那是多麼令人心碎的一笑。

阿翔的臉孔瞬間失去血色，彷彿整個人被抽空了靈魂，愣在當場，任由萱萱掩面奪門而出。

我沒有追出去，因為我已不忍再看那個女孩一眼。

是啊，我們都忘了。

蛋蛋一高一低，其實是件幸福的事。

我們都是受天眷顧的人。

可是萱萱呢？

那個溫柔卻又堅強的女孩，到底做錯了什麼，要承受這種折磨？

阿翔就這樣愣在我家門口，眼神空洞。

「我真是個垃圾。」他彷彿在跟自己說話。

「自以為享受著甜蜜的戀情，笨蛋一樣規畫著婚姻與未來。萱萱一直以來承受的痛苦，我卻一點也不明白……」

「阿翔……」我想出聲安慰，卻又不知道該說什麼。

「我要去找萱萱。」阿翔對著我說道，眼睛卻沒有在看我。

「可是……」

「我也不知道該怎麼救她，但我一定要找到她。」阿翔堅定地說道。

我點了點頭：「不論如何，我都會幫你。」

阿翔看了我一眼，感激地說道：「謝謝，明早我們就去找她把話說清楚，今天大家都累了，就先休息吧。」

說完，他失魂落魄地離開。

我抽了張衛生紙塞進鼻孔，一頭倒在沙發上，筋疲力竭地想著剛剛得知的震撼消息。

天一亮就去阿翔家吧。

雖然我也不知道該怎麼辦，再怎麼我也不能放他一個人面對這一切，總之就船到橋頭自然直囉。

想著想著，我昏昏沉沉地睡了過去。

隔天我去到阿翔家的時候，他已經離開了。

屋內空無一人，大門並沒有鎖上，彷彿是在等著我的到來。

那個傢伙……

一陣不祥的預感湧上心頭，我急急衝到阿翔的書桌前，打開電腦。

「我的電腦……D槽……顯示隱藏的資料夾……搖桿驅動程式……聖人養成手冊……日文聽力測驗……流體力學概要……」

我焦急地打開一個又一個資料夾，瘋狂祈禱自己的猜想是錯的。

最後一個資料夾中，我只發現一個文字檔，上面寫著兩行字。

萱萱所背負的一切，從現在開始我也要一起承擔。

即使是，與神為敵。

短短幾個字，道盡了阿翔的決心。

我向後一仰，絕望地摔在椅背上。

阿翔竟把多年來珍藏的A片刪得一點不剩。

對一個男人來說，這象徵著最徹底的訣別。

這意味著阿翔再也不會使用到蛋蛋。

他已做好最壞的打算。

沒想到他用情如此之深。

我的眼角有點溼潤，不由得哽咽：「起碼也留個備份給我啊……笨蛋……」

之後的幾個月，我都沒有再聽說阿翔的消息。

我明白，他已經踏上尋找萱萱的遙遠旅途。

那是即使耗盡一生，也在所不惜的浪漫旅途。

幾個月後的某天早晨，我在信箱裡發現一枚信封。
上頭沒有署名，也沒有寄件地址。
信封中，只有一張手術報告書的影本，以及一張照片。
看完了手術報告，我心中的疑惑終於煙消雲散。
我靜靜凝視著照片，風光明媚的海畔，兩組蛋蛋靜靜地躺在沙灘上，相互依偎。
我從來沒有看過高度這麼一致的兩組蛋蛋。
阿翔竟動了手術，把自己的蛋蛋調整成一樣的高度。
唯有透過這樣，他才能體會萱萱所體會的一切。
也唯有如此，他才能向萱萱表達那股至死不渝的愛意。
照片中，夕陽映照在蛋蛋上，燃燒著生命的熱情與喜悅。
它們彷彿正頑強地說著：「看呀！我們還活著！」
無懼命運的詛咒，無懼死亡的威脅。
只因它們還有彼此。
阿翔與萱萱，正帶著一樣高的蛋蛋，堅強地生活在世界上的某個角落。
果然，船到橋頭自然直。

後來我在幫忙阿翔處理住處的物品時，發現他的滑鼠墊下壓著一張紙條。

紙條上寫著一串網址。

我馬上按照網址搜尋。

最後，我找到了一個內容豐富、品質精良、分類齊全的雲端硬碟。

幹啊阿翔，你真的很會。

好兄弟，祝你一生平安。

CHAPTER 2

我是先知

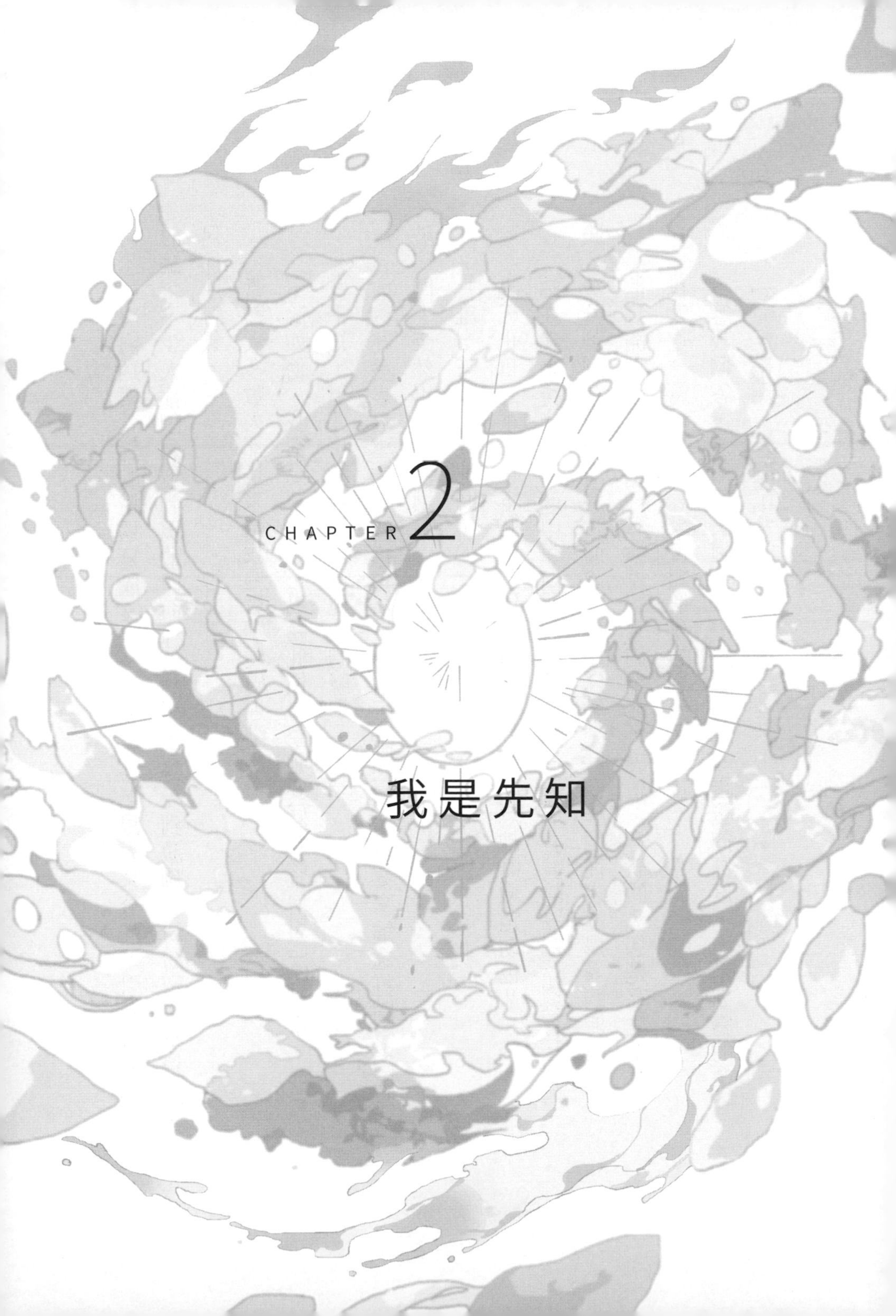

我將阿翔與萱萱的遭遇寫成文章，放到網路上跟大家分享，引發網友熱烈討論。不少人都因為他們勇敢與命運搏鬥的事跡受到激勵，紛紛留言幫這對愛侶加油打氣。

當然大多數人都是來跟我要雲端硬碟連結的。

不論如何，我很高興大家可以藉此機會學到要好好珍惜自己的蛋蛋。

殊不知，這件事給我帶來了極大的麻煩。

大約在發表故事的一個禮拜後，我吃完飯回家，正要拿鑰匙打開家門時，玻璃門上突然出現一個倒影。

「誰？」我警覺地回頭。

光天化日之下，在本肥宅身後鬼鬼祟祟的，是想劫財還是劫色？

站在我身後的是一個中年男子，身上衣衫破爛，長長的頭髮糾結在一起，臉上覆蓋著煙塵與汗液混合而成的黏稠汙垢，就像一個從未洗過澡的流浪漢。

他打開嘴巴，露出一口參差不齊的臭牙，說道：「請問，您是高紈嗎？」

我大吃一驚，這人怎麼會知道我的身分？

不等我回答，流浪漢又道：「網路上那篇『蛋蛋的高度』，是您寫的？」

「呃，是啊，怎麼了？」

流浪漢咧開嘴，對我露出一個連肥宅都覺得臭的微笑。

「謝謝您。」

「……不客氣？」我歪著頭，一時間沒搞清楚狀況。

「是您讓我明白，原來我是優秀的。」

語畢，流浪漢脫下了褲子。

我瞪大眼睛，他的蛋蛋……

不，那種東西，能夠稱之為蛋蛋嗎？

在我眼前的，是兩顆極不對稱的球體，一顆萎縮在胯部，一顆腫脹低垂至膝處。

「蛋蛋的高度差，是人類演化的證據，也就是說，蛋蛋相差這麼多的我，是比起其他人類更加優秀的存在吧？」流浪漢的眼裡透出瘋狂的精芒。

欸？不對，你怎麼得出的結論啊？

我沒有吐槽，因為我孬。

「從小就因為異於常人的蛋蛋受盡奚落，自卑半生的我，在看到先知的文章後才終於明白。原來我是特別的，原來我是進化的——原來我，是新人類啊！」

不對！你他媽就只是個畸形蛋蛋啊！

「先知，您也是屬於我們這邊的人對吧？」流浪漢向我跨近一步：「您的蛋蛋，也是一高一低的，對吧！」

「你……你到底想說什麼……」我已經怕到開始發抖。

「革命吧，先知。」流浪漢瞪著我，恨意在扭曲的臉龐上擴張：「向那些不懂得我們尊貴之處的人類，發起蛋蛋的革命吧！」

「這個世界，將由嶄新的蛋蛋來統治！」

「神經病！」我忍不住嘟囔了一聲。

流浪漢的身體彷彿觸電般一顫，滿臉不可置信地看著我。

「您……」

「對不起，我沒有惡意。」我馬上低頭道歉。

是的，我沒有惡意，我只是覺得你是神經病。

流浪漢伸出他又粗又黑的手指，指著我的胯下。

「您的蛋蛋，該不會其實是一樣高的吧？」他的嗓音沙啞。

「蛤？」

「把褲子脫下來。」

「三小？」

「把褲子脫下來，證明給我看。」流浪漢神情執拗。

「你……你別過來……再過來我要叫了喔！」我警告。

「是嗎……連先知也無法理解嗎……真是遺憾啊……」流浪漢一邊喃喃唸著什麼，一邊向我走近。

「幹！」我嚇到失去理智，一腳踢向他的畸形蛋蛋。

流浪漢沒有防備，立時中招，雙眼上翻，蜷曲著身子痛苦地倒了下去。

我見狀拔腿就跑，到巷子口，攔了一輛計程車。

「開車！越遠越好！」

司機大哥從後照鏡中看了我一眼，很快地開了車。

我坐在副駕駛座喘著氣，感到胯間微微震動。

「武、武者震?!」我驚疑不定。

遇到那個神經病過後，蛋蛋居然產生了反應？

可以不要這麼敏感嗎？你這樣我很難做人啊！

「……是你的手機。」司機大哥沉默地說。

原來是我的手機在響，螢幕上閃爍著一串沒有見過的號碼。

「喂？」我接起電話。

「白痴，你幹嘛把我跟萱萱的事寫出來？」手機那頭傳來熟悉的聲音。

「阿翔？是你嗎？你聽我說，我剛剛遇到一個神經病……」

「這麼快？」阿翔啞然。

「……什麼這麼快？你早就知道了？」

「廢話，你在PTT上那篇廢文，用什麼來講蛋蛋不好，偏偏要牽扯到演化，你知道這會涉及到人種優劣的問題嗎？」

「沒那麼嚴重吧？」我張大嘴。

話說回來，那不是你的理論嗎？幹嘛講得好像是我的錯一樣？

「來不及了，因為你那篇文章，全世界無數個擁有異常蛋蛋的人覺醒了莫名其妙的反抗意識，留言已經傳開，他們都要找你這個啟蒙者，引導他們建立新的國度。」

什麼跟什麼啦?!我完全搞不明白啊！

「那、那現在我該怎麼辦？」我焦急地問。

「總之你先盡量不要在公眾場合露面，我已經拜託朋友過去幫你了。」

「誰？」

「他是負責處理相關問題的專家，我方陣營的王牌，你看到就會知道了，先這樣，掰掰。」阿翔冷靜地掛了電話，留下無數謎團。

「欸?等等……喂……喂?!」

「相關問題」是什麼意思?

「我方陣營」又是什麼意思?

不等我整理思緒，一聲長嘯由遠至近。

「找——到——你——啦——!」

我猛地回頭，透過車窗向後看去，正巧對上那雙瘋狂的眼睛。

擁有畸形蛋蛋的流浪漢四肢著地，像野獸一樣疾奔，用驚人的高速追上計程車。

「先知!讓我看一下你的蛋蛋吧!」

他一邊跑，蛋蛋一邊甩!

「滾開!死變態!」我急怒攻心，不顧危險，用力拉起手煞車。

嘎——碰!

輪胎與地面劇烈摩擦，車身猛然減速，流浪漢閃避不及，直接撞在後車蓋上。

「開車！快開車！」我歇斯底里地拍著司機大哥的肩膀。

卻見司機大哥緩緩轉頭，對我露出詭異的微笑。

「從剛剛就一直想問了，這麼急著是想去哪，先知？」

雞皮疙瘩爬上臂膀，我顫抖著看向司機大哥的胯下。

我這才發現，他沒有穿褲子，裸露出極不對稱的蛋蛋。

「為什麼要害怕呢？我們才是比較優秀的人啊。」司機狂熱地笑道：「在物競天擇的機制下，我們才是應該活下來的那方啊！先知！」

叩。

一隻汙穢的手掌拍上車門，流浪漢彷彿不死之身一樣又爬了起來，把眼睛貼在車窗上瞪著我。

「先知！革命吧！」

「我幹你娘！」

我一腳踹開車門，連同流浪漢一齊撞飛，跳下車，沒命地奔跑起來。

流浪漢跟司機並沒有追上來，只是在原地靜靜地看著我，嘴角掛著若有似無的微笑。

天色漸黑，我漫無頭緒地跑著，直到再也跑不動為止，才遁入一間酒吧。

我看著牆上的鐘，已經晚上八點了。

不知是不是剛開始營業的緣故，我是店裡唯一的客人。吧檯後，一個留著俏麗短髮、髮尾挑染成粉紅色的少女見我走進門，對著我招呼：「帥哥，想喝什麼？」

少女穿著白色緊身短T，還有極短的熱褲，露出青春白皙的肚臍以及大腿，此時的我卻完全沒有心情欣賞。

「Dr. Pepper，謝謝。」我喘著氣，坐在吧檯前讓缺乏運動的身體好好休息。

「還有呢？」吧檯妹拿出一罐 Dr. Pepper，打開之後倒入杯中，開始搖。

她用上了深色眼影的眼睛深深看著我，彷彿要將我的魂魄勾走。

不是只有汽水在搖，她的頭髮、她的手臂、她的腰、她的腿，她的全身都在搖，彷彿跳著一支無聲的舞。

我看呆了眼，忍不住說道：「啊不然妳是在搖三小？不知道這樣子汽水會沒氣嗎？」

吧檯妹愣了一下，強笑著問：「第一次來齁？朋友介紹的嗎？」

「沒有，我只是路過。」

「帥哥，你不會真的是來這裡喝汽水的吧？」吧檯妹難以置信地問道。

咚。已經沒氣了的 **Dr. Pepper** 放在吧檯上。

我看著玻璃杯中的深紅色糖水，想起十幾分鐘前的遭遇，一時間不知從何講起。

她長這麼漂亮，又在這種地方工作，一定每天都會遇到善於用故事搭訕女孩子的人吧？

如果她也能夠像面對其他酒客那樣，把我接下來要說的話當成一個玩笑就好了。

好半晌，我才緩緩開口：「妳看過女生的蛋蛋嗎？」

「啥？」卻不料吧檯妹揚起眉毛，不滿地道：「開什麼玩笑，當然看過啊。」

「哈哈，我就知道妳不會相信……等等，妳剛剛說什麼？」我掏了掏耳朵。

吧檯妹終於露出嫌惡的表情，不耐煩地說：「你沒有蛋蛋膩？」

「不是啦，我說的是女生的蛋蛋喔。」

「廢話，女生就不能有蛋蛋嗎？」

突如其來的資訊讓我的大腦陷入混亂。

「可、可是……」我結結巴巴地道。

「你該不會還是處男吧？」吧檯妹狐疑地問。

「我……」

「連女人的裸體都沒有親眼看過，居然還敢來這種地方。」

「可是A片裡面……」

「你都幾歲了還相信那種東西？」吧檯妹不屑地撇嘴：「死肥宅，連女生的蛋蛋都沒看過，回家問你媽啦！」

仔細想想，我還真的沒親眼看過女性的裸體。

出生到現在，我對女性身體構造的認知都是從課本上、網路上、口耳相傳上。

一個令我不寒而慄的想法浮上心頭。

——原來A片都是騙人的。

——原來，女生其實是有蛋蛋的。

我舉起酒杯將糖水一飲而盡，兩眼空洞。

總覺得，我的心裡好像有某個很重要的部分崩壞了。

叮咚。手機鈴聲響起。

吧檯妹擦擦手，拿出自己的手機。

幾秒過後，她抬起頭看著我，原先的輕蔑已經一掃而空。

她的眼神中充斥著灼熱的仰慕，宛如熱戀中的少女。

「剛剛真是失禮了，我不知道竟然是您，先知。」

我渾身寒毛直豎。

吧檯妹傾身貼近我，粉紅色的短髮搔得我臉頰發癢。

她附在我耳邊輕聲開口：「只要先知一句話，我可以為您付出一切，不論是我的身，我的心，我的蛋蛋。」

「我……我突然想起還有事，先走啦！」我掏出兩百塊扔在桌上，頭也不回地逃出酒吧。

不對勁，這一切都太不對勁了。

奔跑間，我眼角掃過街上的行人，其中竟有五、六人對我露出詭異的笑容。

被包圍了。

我不斷避開帶著詭異笑容的人們，不知不覺間跑入了暗巷中。

彷彿一只徬徨的螞蟻，在複雜的迷宮中不斷掙扎，一步一步失去了退路。

意識過來時，已經落入了惡魔的邪惡圈套。

不久之後，理所當然地，我被數十顆奇形怪狀的蛋蛋給包圍住。

有的長滿紅疹，有的腐爛化膿。

有的瘀青腫脹，有的委靡垂軟。

為首的，正是那個蛋蛋高度差大到不可思議的流浪漢。

「你們到底想幹嘛啦！」我已經嚇到幾近崩潰，帶著哭腔道。

「先知，這裡都是你最忠實的信徒，大家都等著你展示自己的蛋蛋，引導我們走向正途。」流浪漢興奮地說道。

我絕望地闔上眼，任憑畸形蛋蛋的狂信徒將手探向我的褲腰。

罷了，我真的跑不動了。

船到橋頭自然直，既然這個世界有病，我跟著發瘋豈不輕鬆？何苦勉強自己保持正常？

我不會是第一個犧牲者，也不會是最後一個。

也許在這之後，整個世界都將陷入混亂吧？

噹。

就在孤立無援之際，一陣鈴聲響起。

噹。

那是彷彿金屬交擊，又像玻璃碎裂一樣的清亮聲響。

我睜開眼睛，流浪漢的臉色僵硬。

身強體壯的他彷彿受到了什麼打擊，往側邊斜斜地倒了下去。

遠方，一個高大而鮮紅的身影朝我走來。

我簡直不敢相信自己的眼睛。

火一樣豔紅的大袍，花白的頭髮與長鬚。

那是誰都聽說過，誰都見識過的身影。

見到那個身影的瞬間，一股異樣的感覺籠罩住我的蛋蛋。

你有聽過「痛覺共情」這個詞嗎？

那是指人類在見到他人受傷時，自己也會不由自主感到疼痛的現象。

這個世界上，有些痛，是可以透過視覺傳達的。

噹、噹、噹、噹……

由於實在是過於跳脫常理，即使親眼看到了，我的大腦還是花了好幾秒才明白，那是蛋蛋相撞所發出的聲響。

兩顆高度一樣、大小一樣、形狀一樣、重量一樣的蛋蛋，在我面前用力交擊，然後各自盪向兩個方向。

簡直就像，牛頓擺。

完美對稱的蛋蛋，用一樣的速度，向兩側盪開，越盪越高，直到最高點時停止，然後開始急遽下落，緊接著再度相撞。

噹！

我蛋蛋又是一痛，終於雙膝一軟，摀著蛋蛋跪倒在地。

其他人也早就跪了下來。

在這個身影面前，沒有男人可以保持站姿。

作為一個男人，不，作為一個雄性，只要看一眼就能明白。

這個蛋蛋，很強。

避免蛋蛋互相撞擊，增加生存的機率，本該是大自然的法則。

然而這個男人就在我的面前，硬生生打破了鋼鐵一樣的定律。

同樣作為蛋蛋的擁有者，我本能地對他心懷敬畏，這是人類最原始的恐懼。

粗獷豪邁的聲音從這個巨大的身影發出。

「強者之所以成為強者，並非依賴與生俱來的蛋蛋高度差，而是透過千萬遍的錘鍊，讓蛋蛋再怎麼相撞也不會受損。」

身影並沒有動手，僅僅只是站在那裡，就散發著源源不絕的「強大」。

「掙脫自然的束縛，崩裂演化的枷鎖，這才是，人類的強悍。」

來者身型高大挺拔，白鬚飄揚，下身赤裸，上身衣著血紅，就像一團暴烈的焰火。

我的蛋蛋再度震動。

沒錯，是我的手機。

「喂？你還好吧？趕上了嗎？」阿翔問道。

「阿翔……沒想到……你竟請出了這樣的人。」我聲音發顫。

「很令人吃驚吧？我也是前陣子才遇到他的。」阿翔聽到我的聲音，似乎鬆了口氣，笑著說。

「從很久以前，人們就意識到蛋蛋高度差背後所象徵的意義，無數暴徒在世界的角落掀起腥風血雨。直到某個身懷先天缺陷的男人，為了證明蛋蛋間的平等，靠著神一樣的意志力，攀登到進化之樹的頂點。」

千百年過去，無數蛋蛋出生又死亡，唯有那個男人，帶著史上最強悍的蛋蛋活到了現在。

沒有被時間打倒，沒有被疾病打倒。

擁有千百年歷史的蛋蛋，神話般在各個文化中廣為流傳。

我顫抖著吐出那個家喻戶曉的名字。

「阿翔……原來這就是你說的王牌……我們從小聽到大的……」

「傳說中的，聖蛋老人。」

我的耳邊，一曲熟悉的旋律響起，那是所有人都必然聽過的樂曲。

「Chinko bells, chinko bells, chinko all the way…」

「原來你是真的存在著的。」我的眼中蓄滿淚水，一種難以言喻的感動在胸中擴散。

當我擦去眼角的淚水時，身影卻已不在眼前。

茫然抬起頭，一個雪橇形狀的黑影掠過天際，黑影越飛越高、越飛越遠，就好像要飛到月亮上一樣。

在我耳邊，只剩下熟悉的樂曲反覆撥放。

人類啊……

我們究竟是為了什麼而傷害，又為了什麼而被傷害？

膚色、性別、宗教、政治、國籍、價值觀、蛋蛋的高度……

這個世界上，存在著許許多多的「不同」。

這些「不同」矛盾卻又和諧地共存著，彼此牽引，彼此碰撞，就像是蛋蛋一樣。

這是世界醜陋的地方，卻也正是世界迷人的地方。
正在閱讀這個故事的你，不妨也好好看看自己的蛋蛋。
也許你將會發現，在與別人不同這一方面，我們都是相同的。

CHAPTER 3

黎布拉

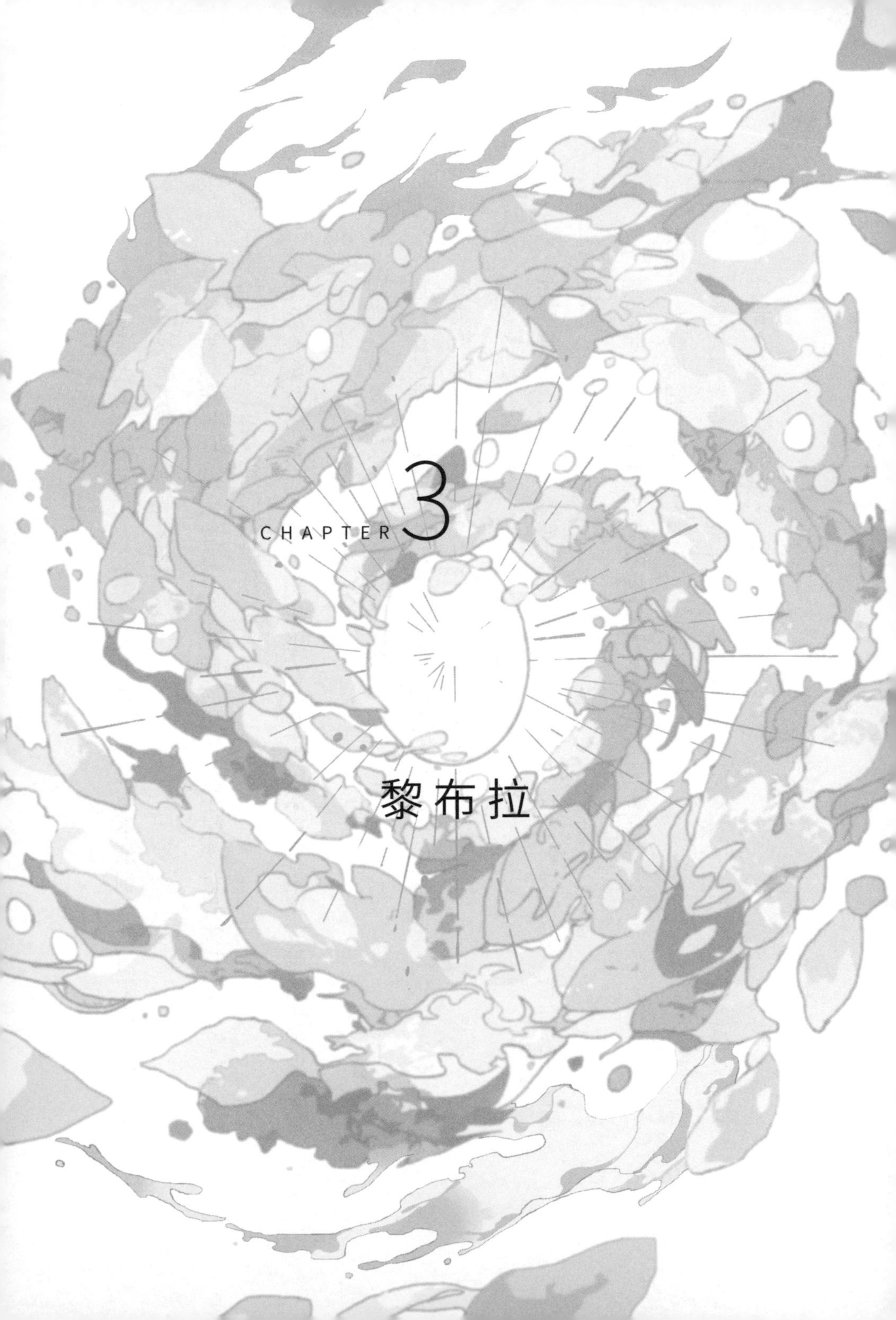

聖蛋老人消失後不久，全臺寒流來襲，各縣市不斷創下低溫紀錄，連身在南臺灣的我蛋蛋都凍到縮起來了。

「最近幾年地球的天氣真是越來越誇張，是不是要世界末日了啊？」我站在家門口感嘆，注意到信箱裡有封信。

生活在數位時代，我的信箱中絕大多數都是水電費帳單或是廣告傳單，難得能有封信。

回到屋內後，我迫不及待打開信封。

信封裡躺著一張機票，我不禁興奮地叫出聲來：「芬蘭！」

機票後面附上一張簡短的信，那是來自老友的誠摯邀約。

我當然認得那字跡。

失聯許久，阿翔終於邀我到他現在住的地方看看，我還以為他忘記我這個朋友了呢。

誰也想不到，那個大學時期整天窩在實驗室研究睪丸的怪胎，現在居然和女朋友一起搬到芬蘭去了。

肥宅我孑然一身，無牽無掛，幾天後，收拾好簡單的行囊，帶上最厚的外套，仗著一身脂肪不怕冷，就前往機場。

一方面也是機票上的日期實在太趕，信中只說我到了當地，阿翔自有安排。

一切都發生得太倉促，坐在飛機上，我才開始擔心自己身無分文，萬一到了芬蘭機場迷路會不會餓死。

船到橋頭自然直吧。我聳聳肩，扣上安全帶。

起飛前，我的手機響了起來。

「喂？高紈嗎？」

「阿翔？幹啊你還真夠意思，我在飛機上啦！先講好，我身上沒多少錢，到那邊你要請客啊！」我開心地說。

「你聽我說……」

阿翔似乎還說著什麼，我卻沒聽進去，因為走道上很正的空姐一直看著我，看得本肥宅心頭小鹿亂撞。

她一面朝我走來，一面伸出拇指與小指，在耳邊晃了晃。

欸欸欸？真的假的？是在暗示我以後打電話給她嗎？

我有點不太確定地指指自己。

空姐點點頭。

「晚點聊啊。」我馬上笑容滿面地掛掉電話，準備輸入空姐的號碼。

抱歉了阿翔，對肥宅來說，女生才是正義啊。

「飛機即將起飛，你再講電話我就要請機長過來了。」空姐走到我身邊，冷冷地對我說。

「……」我默默將手機關機。

昏昏沉沉的十幾個小時很快過去。

到了當地的機場時，天色已經一片漆黑。

我跟著其他旅客排著隊，既興奮又期待地過了海關。

一出機場，一群陌生大漢將我包圍。

他們擁有西方人高壯的體型，穿著西裝，帶著墨鏡，神色甚是倨傲。

「請跟我們走一趟。」為首一人用英語說道。

欸欸欸？

我什麼都還沒有做吧？

一群看起來像 **FBI** 的人不由分說，強行將我帶上電影裡才看得到的黑色加長禮車。

「呃，請問我做錯了什麼嗎？」

「……」

「不好意思，我覺得這之中一定有什麼誤會，你們認識阿翔嗎？」

「……」

「我幹你娘機掰，你是不是聽不懂中文？」

其中一人轉頭過來瞪著我。

「大哥對不起，我緊張講話就比較大聲，一切悉聽尊便。」我馬上用英文說。

黑衣人沒有回應，回過頭專心開車。

船到橋頭自然直，我也沒有多想，認命安靜地坐著。

窗外的景色逐漸從繁華的街道轉變成偏僻的森林，一個多小時後，我們停在一座雄偉的建築面前。

高大的松木上枝葉凋敝，地上覆著厚厚的積雪，一座城堡在森林中矗立，彷彿童話故事中的祕境。

車子停在城堡大門口，黑衣人打手勢要我下車。

我下車後，他們仍一聲不吭，車子很快開走。

城堡的大門口，一個熟悉的身影正站在大門邊清掃積雪，我不禁喜出望外地大叫：「阿翔！好久不見！」

「……高紈？」阿翔似乎高興過了頭，一時間沒有反應過來。

「你一聲不響消失這麼久，居然過得這麼好啊！」我用力地拍著阿翔的肩膀：「萱萱呢？」

聽到萱萱的名字，阿翔的眼中明顯閃過一絲憂慮，敏銳的我很快察覺，馬上關切地抓住他的手。

「阿翔，怎麼回事？」

他怔怔看著我，突然露出苦澀的笑容，嘆道：「我不知道你是怎麼找到這裡，但你不該來的。」

我一愣，這是怎麼回事？不就是你邀我來的嗎？

就在此時，城堡大門敞開，裡頭走出一個人。

說「走」也許不太適合，那人是坐在電動輪椅上，緩緩駛出來的。

他似乎已上了年紀，臉上肌膚鬆弛，頭髮稀疏斑白，身上披著黑色長袍，胸前縫著一枚金色的十字架。

老人對我說道：「尊敬的客人，我們等你許久了。」

看到這個老人，阿翔地臉色唰地慘白，倏然回頭，顫抖地說道：「長老……是你們請他來的？」

老人連看都沒看阿翔一眼，彷彿剛剛沒人說過話。

「阿翔，怎麼回事？」我皺眉。

阿翔撥開我的手，急急往老人的方向走去，這裡積雪甚深，不易行走，他一腳踩進雪裡，踉蹌撲倒在老人面前。

「你們……你們答應過我不會找他的……他什麼都不知道……」他低伏著頭，卑微地懇求。

「阿翔，他是什麼人？」我聽出情勢不對，沉聲問。

老人仍看著我，說道：「原諒我行動不便，無法起身相迎，屋裡已備好暖茶，貴客若有事相談，還請進來。」

「不要！」阿翔露出驚恐的表情，抓住老人的褲管。

老人終於側眼瞥了阿翔一眼，冷冷地說道：「雜種，不想要這隻手了麼？」

我皺起眉頭，這人怎地這麼說話？

阿翔緩緩低下頭，手仍緊抓著老人的褲管，嘴裡一個勁地乞求：「長老……我求求你們了……他是我的朋友……我就這麼一個朋友……」

老人眼中閃過一抹厲色。

「夠了！」我實在看不下去阿翔這個模樣，鼓起勇氣大喝了一聲：「我……

我跟你們走。」

老人看了我一眼，淡淡地說：「讓你見笑了，請隨我入屋吧。」電動輪椅在雪地裡緩緩旋轉，向屋內駛去，阿翔緊抓褲管的手指鬆脫，無力跪地。

我邁開腳步跟上老人，經過阿翔身邊時，低聲說道：「等我回來，你要把這一切說清楚。」

「快逃……」然而阿翔只是無助地流著淚，「快逃啊……」

我隨老人進了城堡，彷彿踏入另一個世界。

和外面的嚴寒不同，屋內相當溫暖，內部擺設極盡奢華，柔軟的地毯、華麗的水晶吊燈、壁上一幅幅維妙維肖的掛畫，儼然就是一座金碧輝煌的古堡，大廳中，許多中世紀貴族裝扮的人物正歡快地談笑、飲酒，如同舉行著一場永不停止的嘉年華。

令我毛骨悚然的是，他們每個人都坐在電動輪椅上。

「我的名字是瓦依納莫。」老人緩緩開口：「歡迎來到我們的國度——『黎布拉』。」

「你們到底想幹什麼？」我的語氣仍然強硬，但心底早已失去剛剛的勇氣。

「聖女想要見你，到了那裡，她會跟你解釋。」

聖女？

我強忍心中的疑問，隨著老人繞過人群狂歡的大廳，通過一條長廊，進入了一個庭院。

即使是孤陋寡聞的我，也忍不住讚嘆，在這冰雪覆蓋的國度，竟有這樣一個庭院。

院中開滿各式色彩豔麗的花朵，一座巨大的噴水池座落其中，池畔竟有數隻白鴿憩息，宛若童話故事裡的仙境。

庭院一角，有個身穿白紗的絕美女子正呆呆看著天空。

天上幾朵孤雲，冷清而單調。

在這美麗的庭院中，也許只有那片天空是真實的。

「萱萱？」我失聲叫道。

女子回過頭，果真是許久不見的萱萱。

她本就是漂亮的女孩，此刻盛裝打扮，神色憂傷，彷彿遺落人間的天使，眉宇間隱隱透出一股神聖而不可侵犯的哀愁，美得令人屏息。

「瓦依納莫，你先下去，我有話告訴他。」萱萱說道。

「是。」瓦依納莫躬身。

「還有，我身旁的護衛也要撤掉，我不喜歡別人打擾。」

瓦依納莫微微遲疑，仍點頭說道：「三分鐘，一旦超過這個時間，無論如何我會帶人進來。」

他一揮手，庭院四周發出一陣悉悉簌簌的聲響，幾道隱晦的氣息消失。

「小子，要是聖女有什麼意外，你會後悔自己出生在世上。」瓦依納莫的輪椅經過我身邊時低聲警告。

他離開庭園後，萱萱很快說道：「時間不多，你聽我說。等會你出去的時候，叫阿翔回臺灣吧。」

「蛤？」我一頭霧水，「妳跟阿翔怎麼了？有話叫過來大家當面說清楚。」

「不用了，我跟他沒什麼好說。」萱萱冷漠地道：「我們早已分手，是他糾纏著我不放。」

萱萱那張美麗的臉蛋一時間變得陌生起來，她走到花圃旁，彎下身來看花。

我錯愕地看著萱萱。

這句話不可能是真心的，沒有人比我更了解她跟阿翔之間的感情。

但她為什麼要這麼說？

「高紈，你知道嗎？在這個世界上，美麗的事物都是對稱的，越對稱的事物就越是美麗，建築物、藝術品、自然景觀，乃至於人類皆是如此。」萱萱伸出手指輕輕撫過花瓣。

「妳在說什麼？」我一頭霧水。

「你還不明白嗎？」萱萱說道：「這座城堡叫『黎布拉』，在拉丁文中代表天秤座，也就是對稱的意思。你知不知道為什麼這裡的人都坐在輪椅上？那是因為這裡的每個人蛋蛋都是一樣高的。」

我渾身一震。

搞了半天，這幫人還是為了蛋蛋的事情。

「這裡的人，相信等高的蛋蛋才是美的極致，因此從世界各地集合在這裡，建立了自己國度。」

我不解地看著萱萱。

「聚集在這裡的，除了蛋蛋以外，還有極豐厚的財力、勢力、軍事力，幾乎就是一個獨立出來的國家。」

萱萱別開視線，兀自說著，語氣越來越高昂。

「你知道嗎？我的蛋蛋，是這裡最美的，他們管我叫聖女，把我像藝術品一樣供著，在這裡，我要什麼有什麼……阿翔呢？他能給我什麼？他若真的希望我幸福，就該放手，別再纏著我。」

「萱萱，妳不是認真的吧？」我有點不知所措。

萱萱轉頭看向我，憤怒的表情占據臉龐：「你為什麼就是不肯相信我說的話？再這樣下去誰都不會幸福的。」

我嘆了口氣。

果然戀愛的事對肥宅來說太複雜，我根本無法理解。

但有件事我是肯定的。

「妳在說這些話的時候，有沒有看過自己的表情呢？」我柔聲問。

萱萱眼眶一紅，話哽在喉頭。

我還欲說話，瓦依納莫的聲音已從身後傳來。

「聖女，時間到了。」

「……你走吧。」萱萱轉身背對我，竭力穩住激動的情緒，漠然道。

「我不走，要走也得先把話說清楚了再走。」我雙手交叉在胸前。

「年輕人，別亂開玩笑。」瓦依納莫冷冷地看著我。

「怎麼了？開不起啊？」我毫無畏懼地瞪了回去，他剛剛對阿翔的態度已經讓我很火大。

我就不信，連路都沒辦法好好走的老人還能拿我怎樣。

啪、啪、啪。

話才剛說完，刺耳的掌聲響起。

「你知不知道，有些玩笑是不能亂開的。」

瓦依納莫身後走出一個男子，身形瘦長，即使佝僂著腰，也比常人還要高一個頭，臉色蒼白，鷹勾鼻，雙頰凹陷，活像個吸毒犯。

他的雙手細長，像兩條鞭子一樣軟軟地垂在身側。

赤裸的雙腿間，兩顆高度一致的蛋蛋暴露在空氣當中。

「你……你能不能穿好褲子再說話？」

看著那兩顆蛋蛋，我的心中湧起不好的回憶。

「你是不是覺得黎布拉無人能奈何你？」男子陰惻惻地說道。

「怎、怎樣？現在要打架是不是？信不信我踢爆你的蛋蛋？」我虛張聲勢地挑釁。

不料男子聽完我說這句話，嗤的一聲笑了出來。

他伸出舌頭舔舔嘴唇，悠悠說道：「黎布拉裡，大多數人受生理構造影響，身體能力受到限制。然而在這之中，卻也存在著極少數的例外。那是在幾十億人中，被上天賦予了最優秀蛋蛋的人，也是擁有『最』之稱號的戰士。」

他雙膝彎曲，右肩往後轉動，側著身體面對我，那隻長到不自然的右手從身後繞過屁股，輕輕捏住了自己的一顆蛋蛋。

「比如說，你前陣子遇過的聖塔克勞斯，擁有世界上『最硬』的蛋蛋。」

我忍不住退了一步，「你……你想幹嘛？」

多次目睹特異蛋蛋所練就的直覺告訴我，這個蛋蛋相當危險。

「我的名字是奧勒多，在黎布拉中，擁有『最韌』蛋蛋的男人。」

他說話的同時，右手捏著蛋蛋向後一拉。

「三……三小……」我大驚失色。

這世上……還有這種蛋蛋麼？

奧勒多的陰囊像橡皮筋一樣伸長變形，被拉到腰後，如同一條繃緊的弦。

「我倒要看看，你有沒有辦法踢爆我的蛋蛋。」奧勒多歪著頭露出詭異的笑容。

手指放開。

嗖！

爆響聲劃破空氣。

我的眼瞳急遽收縮，一片模糊的殘影擦過我的右臉頰。

我難以置信地看著離我足足五公尺遠的奧勒多。

「你剛剛……用蛋蛋彈我……？」

好快的蛋蛋，我完全來不及眨眼。

「剛剛那只是警告，下一次，我會打碎你的喉結。」奧勒多冷冷地道，又一次將蛋蛋拉到身後。

「你……連我爸都沒有用蛋蛋打過我！」我噁心得想吐，指著奧勒多，一時間氣到說不出話來。

奧勒多眯起眼睛，一股滲人的殺氣從眼瞳中瀰漫而出。

「你滾！」萱萱突然大吼，伸手指著門口，雙肩竭力克制著顫抖，「你們什麼都不懂！滾出去，我不想再看見你，也不想再看見阿翔了。」

我深深看了萱萱一眼，試圖從那背影中解讀出那怕一點點的猶疑。

「滾。」萱萱深呼吸，語氣平穩。

我默默轉身，隨著瓦依納莫退出門外，穿過長長的迴廊，然後是終日狂歡的廳堂，最後回到了冰冷的大門。

「若非看在聖女面上，你今天走不出這個門。」瓦依納莫用戲謔的語氣說道：「先知。」

我腳步一頓，這老人竟對我所遭遇的事瞭若指掌。

大門關上。

阿翔已站在門外等我，臉上掛著強撐出來的笑容。

「哈哈，你都聽說了吧？被甩了呢……」他故作若無其事地笑著，眼眶漸漸泛紅：「真窩囊啊我……」

我一言不發走上前，抓起他的褲腰，用力往下扯。

「你……」阿翔瞪大眼睛，驚愕間下體暴露而出。

他的蛋蛋在粗重的日常工作下，因為反覆碰撞，已經瘀青發紫，像是兩顆病懨懨的葡萄。

「為什麼不告訴我？」我問。

阿翔沉默了一會，才艱難地開口：「我只有你這個朋友，不願你看見我這個樣子。」

「沒錯，你只有我這個朋友。」我點點頭，揪住阿翔的衣領，使勁向前一拽。

咚。

我們兩人的額頭狠狠撞在一起，我瞪著阿翔的眼睛。

「這種時候，你不依靠我的話，要依靠誰啊？」

阿翔錯愕地看著我，慢慢地，他的額頭開始顫抖，我隱隱聽到啜泣聲。

然後，他終於抱著我嚎啕大哭。

他一直哭到天黑，哭到天上開始飄雪，才領著我到不遠的一處小屋。屋內設施簡陋，只有簡單的烤爐、桌椅床櫃等家具，那便是他這陣子的居所。

就在屋內，阿翔將這陣子的經歷娓娓道來。

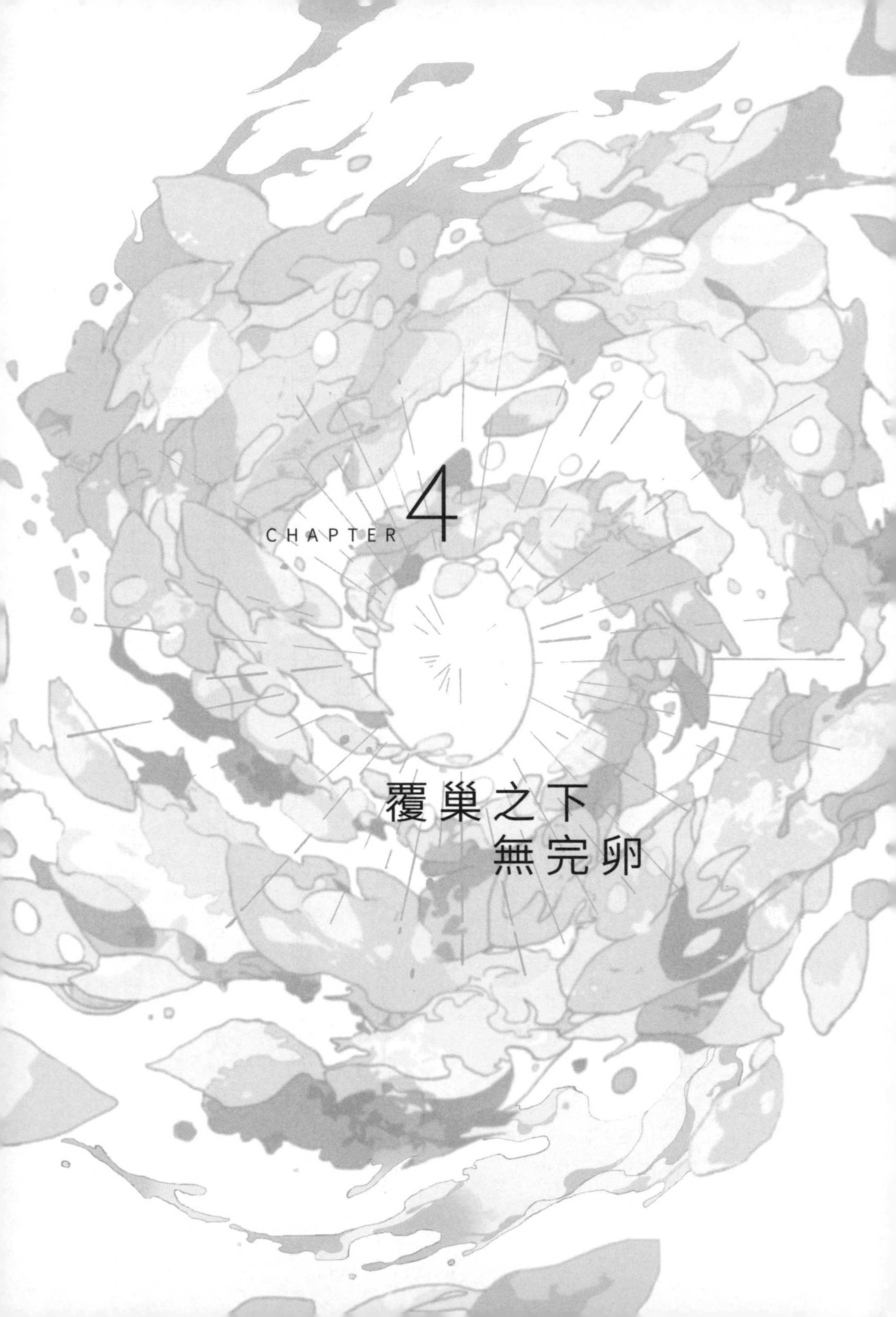

CHAPTER 4

覆巢之下 無完卵

那日阿翔離開臺灣後，先到泰國動了手術，將兩顆蛋蛋的調整成一樣的高度，接著出發遊歷世界各地，尋找愛人。

幾週後，彷彿心有靈犀似地，他在溫暖的地中海沿岸遇見沙灘上獨自徘徊的萱萱。

萱萱見到阿翔時並不特別驚喜，只是輕輕笑著，一切都彷彿自然而然。兩人沒有多說什麼，他們之間的情感已非言語所能傳達。

他們在當地的雜貨店找了份粗工，就這樣生活了一陣子。那裡的人們性格親切，生活簡樸，一切都是如此美好。

然而，平穩的日子中，阿翔的心理一直有個隱憂。

隨著日常活動的進行，他發現自己的蛋蛋正逐漸受到不可逆的磨損。他心裡想的是，一直以來面帶笑容的萱萱，會不會也正遭受同樣的折磨？

阿翔於是在工作之餘，與來自世界各地的旅客打聽消息，幾個月後，偶然間在酒館裡聽客人說出一個傳聞。

在遙遠的千湖之國，有個叫做黎布拉的城堡，裡面聚集了蛋蛋一樣高的人，終日歌舞昇平，過著無憂無慮的生活。

他欣喜若狂地辭去工作，用存下來的錢，帶著萱萱來到黎布拉，表明來意後，立刻受到城堡主人的熱烈歡迎。

加入城堡前有個儀式，要在整座城的見證下驗明正身，讓眾人確認兩人的蛋蛋果真同高。

那天晚宴上，萱萱一脫褲，蛋驚四座。她的蛋蛋小巧精緻、渾圓飽滿，白皙之中透著健康的紅潤光澤，簡直就像一件藝術品，眾人頻頻驚呼那是他們此生見過最美的蛋蛋。

「找到了……我終於找到了……」瓦依納莫留下喜悅的淚水，激動地說道：「多少年了！我終於找到了……世上最美麗的蛋蛋……」

眾人異常的狂喜讓阿翔心中隱隱感到不對勁，然而只要一想到這裡能提供適合萱萱的生活環境，興奮就掩蓋了不安。

不料，輪到阿翔露出蛋蛋時，整個大廳陷入沉默。

一道刺眼的醜陋縫線歪歪斜斜爬過胯間，暴露在千道憤怒的焦灼視線下。

瓦依納莫震怒捏碎酒杯。

「偽物！你這個骯髒的偽物！」

「滾出去！這裡不歡迎你！」

整座城堡躁動，阿翔被趕出了城牆，萱萱卻遭半強制性地拘留在堡內。

人類終究是排拒異己的存在，蛋蛋不對稱的人將自己視為基因優秀的新人類，而黎布拉中的人則認為自己才是文明高雅的一方。

動過手術的阿翔，被當作汙邪之物粗暴地逐出黎布拉。

那天起，他們兩人就再也沒有見過面。

「那天，你打電話給我時……」

「是的，那時我跟萱萱已經失聯，是我拚了命在城外吼，求她請動聖蛋老人去救你。」

想起那個霸氣無邊的血紅巨人，我不禁動容道：「聖蛋老人也是黎布拉的人？」

「黎布拉中的人都有根深蒂固的基因優劣觀念，在幾百年近親通婚的影響下身體越發虛弱，大都像你看見的一樣，為了避免蛋蛋相撞磨損、危及性命，捨棄了行走的機能，將自己的身體囚禁在輪椅上。只有極少數人在險惡的生存條件下突破極限，獲得超人般的力量。」

我的腦海裡浮現幾個月前，那個蛋蛋畸形，身手卻敏捷到不似人類的流浪漢。

「人類基因蘊含的力量是很強大的，即使遭到現代文明封閉，一旦受到情緒波動的激發、或各種機遇的影響，沉睡在體內的潛能就會復甦。」阿翔說道：「聖蛋老人與奧勒多，都是這其中的佼佼者。」

「你的意思是，人類的睪丸裡，隱含著不為人知的力量？」我皺眉。

「是的。」阿翔嚴肅地點點頭。

「……阿翔，你到底都嗑了些什麼？」

「高纨，你要相信我。」阿翔認真地看著我的眼睛：「我大學念的是生科系，那四年裡我什麼也沒做，就專門研究蛋蛋。」

不，所以說你倒是給我研究點別的啊。

「巴比倫、古羅馬、印度、中國，幾乎在每個古文明中，都可以發現關於閹割的紀錄。或作為對犯罪者的懲罰，或作為鬥爭的戰利品，人類演進的歷史上，強勢者不約而同地割掉弱勢者的蛋蛋，你覺得這是為什麼？」

阿翔振振有詞：「因為當權者害怕蛋蛋所隱含的力量！」

「你知道為什麼閹割又稱為『去勢』嗎？對人類來說，失去蛋蛋，等同於失去用來傳宗接代的重要器官，同時也失去了那股神祕而強大的力量。黎布拉就是完全掌握了這股力量的地方。」

慘了，我好像被說服了。

我低頭拉開褲腰，端詳自己的蛋蛋。

實在無法想像，二十幾年的相處中，多少次搓揉把玩、翻弄檢視，竟沒能看出其中隱含的奧祕。

這麼久以來，我對自己的蛋蛋一無所知。

我摸摸自己熟悉又陌生的蛋蛋。

蛋蛋啊蛋蛋……你也隱藏著某種力量嗎……

突然間，在觸摸蛋蛋的同時，一抹遙遠而模糊的回憶湧上心頭，零碎片段的畫面湧入腦海。

許久許久之前，我的蛋蛋也曾受到這樣的觸摸與檢視。

噹……噹……噹……

那個靜謐的深夜，蛋蛋交擊的清脆聲響迴盪在耳邊。

巨大的身影打開窗戶，爬上我的床。

我抬起頭，驚愕地看著阿翔。

「想起來了嗎？」阿翔對著我笑，然而他的笑容裡卻隱含著一股悲哀。

「睪丸是用來記錄遺傳訊息的器官，可以說是保存了人類從遠古時代至今所有的記憶，人們或許不記得曾經歷過的事，然而蛋蛋絕不會遺忘。」

「聖蛋老人的傳說……是真的……」一個令我不寒而慄的想法浮現在腦海。

「沒錯，在還是孩童的時候，我們都曾接受他的拜訪。」阿翔正色說道。

「即使是黎布拉，對於蛋蛋無限的潛能也會感到害怕，或許哪天，世界的某個角落會出現擁有足以威脅黎布拉的蛋蛋。所以黎布拉派出了探查者，終年環繞世界，尋找擁有潛能的蛋蛋，將其帶回黎布拉接受思想教育。」

「每個小孩都曾遇到聖蛋老人，每個小孩都被聖蛋老人摸過蛋蛋，這就是聖誕老人傳說的真相。」

幹！聖蛋老人根本就是戀童癖吧？

「可是我媽跟我說……」我一時間無法接受。

「你還不明白嗎？」阿翔抓住我的肩膀：「聖蛋老人不是不存在，是不能存在啊！」

我怔然。

十幾年前那天清晨，我興奮地告訴父母自己遇見聖誕老人後，他們臉色蒼白地抱住我，告訴我那只是夢，聖誕老人並不存在。

此刻我終於明白他們內心的驚惶，無力阻止怪人入侵的父母，只能編造美麗的謊言來消除孩童心中的恐懼。

他們只能在心中祈禱，自己的寶貝不是蛋蛋一樣高的孩子。

「全世界這麼多小孩子，他怎麼可能檢查得完？」我顫聲。

「就是因為做得到，他才叫做聖蛋老人啊。」阿翔正色道：「輕而易舉實現常人眼中的不可能、以個人戰力凌駕於國家軍事力之上的窮凶極惡之徒，像這種怪物，黎布拉一共有六個。」

「高紈，你懂嗎？一旦與黎布拉為敵，意味著什麼？」

我總算明白了事情的始末，黎布拉的人覬覦萱萱完美無瑕的蛋蛋，將她囚禁在城內。阿翔忌於對方的武力不敢強行動手，卻也不願離開，只得賴在城外做著園丁一樣的工作，忍受自己的蛋蛋日漸凋零。

我嘆了口氣。

「阿翔，我剛剛見過萱萱了。」

「嗯。」阿翔閉著眼睛。

「我不會對你說謊，她現在過得很好，比以往在臺灣的任何時候都好。」

我的確沒有說謊，萱萱現在的生活可以說是雍容華貴。

「你在這裡，她很痛苦。」我又說道：「她希望你走。」

「嗯。」阿翔的喉頭滾動，隱隱帶著鼻音。

「但是你不在這裡，她會更痛苦。」我站起身，舒展終於暖和的身體。「所以我們走吧。」

「帶著萱萱，我們走吧。」

阿翔張開眼睛，難以置信地看著我。

我認真地看著阿翔的眼睛。

一股滑稽的笑意在他臉上緩緩擴大，幾秒後，他竟大笑起來。

「幹嘛？」我不明所以。

「高紈，其實我本來就打算帶走萱萱，所以我一直希望你別來。」阿翔笑得流出眼淚：「因為我知道你一旦來了，就絕對會插手管這件事。」

「剛剛講那麼多，無非就是為了嚇退你。」阿翔忍住笑意。「這一去，很可能就回不來了喔。」

「少在那邊三八，你還沒帶我玩芬蘭，我怎麼能就這樣回去？」我也忍不住嘿嘿笑了起來。

「我也不是完全沒有準備。」阿翔突然壓低聲音，神祕兮兮地說道：「即使是黎布拉，也有專門應對他們的狩獵者存在。」

我的大腦裡閃過一個名字。

那是比起黎布拉絕不遜色的組織的名字。

世上最古老、最神祕的殺手集團。

「國際盜懶覺集團？」我問。

「你果然聽過。」阿翔點點頭。

我皺眉：「阿翔，這群人很危險。」

「你告訴我，除此之外，還有什麼辦法呢？」阿翔平淡地看著我。

我知道，每當他露出那種表情，就沒有人能改變他的決心。

「真是敗給你了。」我呼出一口氣：「罷了，船到橋頭自然直，不管你要做什麼，算我一份吧。」

阿翔深深地看了我一眼，鄭重地說道：「我這輩子都不會忘記你的恩情。」

「有沒有這麼誇張，別怪我沒有先告訴你，我可是弱到有剩，還不一定能幫上忙。」我有些難為情地說道。

「不，你已經幫了很大的忙。」阿翔突然說出讓我無法理解的話。

「算算時間，應該早就到了。」阿翔抬頭看著門口，朗聲道：「進來吧。」

喀。

我跟阿翔都沒有上前開門，門鎖卻從外部被打開。
兩個披著斗篷的身影踏入小屋，我瞬間繃緊神經。
這兩人站在門外已有多久？為什麼我完全沒有察覺？
他們進屋後便拉下斗篷蓋頭，露出原來的面容。
當先進來那人形貌粗獷，臉上鬍渣雜亂，一頭火紅色的頭髮。
另一人是長相未脫稚氣的男孩，看上去不過十六歲左右，膚色白皙，厚軟的黑色頭髮微捲，臉上帶著怯懦的表情，他的背上背著巨大的羊皮卷軸。
儘管極為淡薄，我還是能從他們身上聞出一股血腥味。
這是與我生活在不同世界的人。
「你們就是覆巢？」阿翔盤著腿坐在地上，饒有興趣地打量兩人。
紅髮男子反問：「錢呢？」
「我沒有錢。」阿翔聳聳肩。
紅髮男子點點頭，長袍中射出一道流光。
一柄鋒利的短刀咚地一聲釘入阿翔兩腿間的地面，刀柄微微搖晃。
我嚇得倒退數步。
阿翔連動都沒有動。

「銘塵，別這樣，我們聽他說完。」黑髮男孩拉住紅髮男子的衣袍，對我們歉然笑笑：「抱歉，他性子急了點。」

叫做銘塵的男子冷冷說道：「我以為我們已經談好價碼。」

阿翔說道：「我有比錢更有價值的東西。」

銘塵說道：「什麼東西？」

阿翔伸手指向我：「他。」

「我？」我伸手指著自己。

銘塵皺眉：「他算什麼東西？」

阿翔不以為意地笑笑，冷不防拉下我的褲子。

啪答。我的蛋蛋害羞地彈了出來。

黑髮男孩發出一聲驚呼。

銘塵的瞳孔微微收縮，說道：「的確是好東西。」

等等啦！

你們到底在說什麼啊?!

不要擅自誇讚別人的蛋蛋啊！就算你這樣說我也不會覺得開心的啦！

「新人類陣營的領袖，先知的蛋蛋，值不值得你們出手？」阿翔瞇起眼睛：

「只要委託成功，這個蛋蛋就是你們的。」

「不對，這個蛋蛋是我的。」我鄭重聲明，可惜沒人理我。

銘塵冷漠地說道：「可以。」

「太好了呢。」阿翔對我笑笑。

好個屁啦！你有沒有問過我啊？

「話說回來，你人都找好了，早就料到我會留下來幫你吧？」我怒道。

「誰叫我們是好朋友呢？」

「幹！我一定是造孽才會跟你當朋友！而且為什麼他們一看我的蛋蛋就知道我是誰啊？我的蛋蛋就這麼有名嗎？」我歇斯底里地抱著頭。

阿翔沒有再理會我，嘻皮笑臉地看著銘塵，問道：「何時可以動手？」

銘塵淡淡說道：「隨時。」

「這麼有自信？」阿翔揚眉：「委託的內容，是從黎布拉裡劫走一個人喔？」

「我們的小隊叫做『覆巢』。」黑髮男孩微微一笑：「你知道這是什麼意思嗎？」

「我當然知道，所以我才找你們來。」阿翔終於收起笑容，緩緩握緊拳頭。

「覆巢之下無完卵。」

「收割蛋蛋的專家啊，希望你們像傳說中那樣厲害。」

阿翔的眼中再無一絲笑意。

隔天早上，阿翔帶著我們四人到黎布拉門口。

經過一夜的相處，我也對國際盜懶覺集團的兩人有了初步的理解。

紅髮男子叫做銘塵，黑髮男孩是安彤，他們兩人間的關係極其複雜，既像師徒，又如戀人，不過我也沒興趣過問。

因為我一直跟他們保持著距離，生怕自己寶貴的蛋蛋被偷走。

阿翔大搖大擺地走到門前，敲了敲門。

來開門的正是瓦依納莫，蒼老的眼裡閃爍著詫異。

「令人驚訝的愚蠢，你真的活膩了麼？」

「我是來道別的。」阿翔從懷中掏出一個紙袋，不卑不亢地說道：「我有封信想給萱萱，她念完信我就走，此生都不會再回來。」

瓦依納莫冷冷點點頭，說道：「把信留下，你可以滾了。」

「我一定要親手把信給她。」阿翔堅定地道。

瓦依納莫眼中精芒閃爍，說道：「我有一萬種方法，可以在聖女不知道的情況下弄死你。」

「但那一萬種方法，都比不上我親自道別來得好，不是嗎？」阿翔毫不退卻地說。

瓦依納莫看著我們，好半晌才沉吟道：「就你一人進去。」

阿翔搖搖頭，說道：「這幾個人都是萱萱最好的朋友，他們也是來見萱萱最後一面的。」

「小子，你別得寸進尺了。」瓦依納莫咬牙低吼。

阿翔無所謂地笑笑。

下定決心的他，比起昨天失魂落魄的模樣已經判若兩人。

兩人的氣勢無形地對峙，我隱約感覺到安彤的呼吸越來越急促，似乎就要沉不住氣。

終於，瓦依納莫開口。

「聖女拿到信後，敢多耽擱一秒鐘，我會讓你們痛不欲生。」

我在心底鬆了口氣。

我再度走進黎布拉，這裡的大廳仍像昨日一樣，人們永不疲憊、永不困頓地歡騰，沒有終點地慶祝著。

他們臉上湧現著病態般的歡愉，讓我沒來由地感到反胃。

走過大廳，穿越長廊，我們又回到那個四季如春的庭院。

萱萱仍站在池邊看天空，彷彿世上再沒其他值得關注的事物。

她看見阿翔的時候，臉上的表情明顯動搖了一瞬間，隨即冷若冰霜。

「你還來這裡做什麼？」她問。

「今天我就要走了。」阿翔揚起手中的信：「在這之前，我有封信給妳。」

「嗯。」萱萱點了點下巴，竭力克制著顫抖：「把信給我吧。」

阿翔走上前，直接把信抽出信封，丟在地上。

那是一張空白的紙。

萱萱一愣。

「萱萱，對不起，我是個笨蛋。」阿翔傻傻地笑著：「有些事，妳不當面告訴我，我就是聽不懂。」

瓦依納莫沉下臉。

「我只問妳一次，妳好好想清楚了再回答。」阿翔推了推眼鏡，用念稿一般的生硬語氣說道：「我真的很喜歡妳，可以跟我走嗎？」

萱萱掩著嘴，巍巍流下淚來。

瓦依納莫臉色劇變，大喝：「奧勒多！」

砰！

地面炸裂。

阿翔的身影一陣模糊，消失在原地。地面上佈滿一個個圓形孔洞，如同被散彈槍掃射過一樣。

陰森瘦長的奧勒多出現在萱萱面前。

阿翔不知何時已退回我身邊，低聲說道：「交給你們了。」

銘塵跟安彤一聽，迅速退到庭院一角，似乎是準備著什麼。

阿翔轉過身來面對奧勒多，說道：「我每次看到你你都沒穿褲子欸，你該不會是暗戀我吧？呵呵。」

「你膽子不小。」奧勒多熱身一樣緩緩拉扯著自己的蛋蛋，陰狠地說道：「只可惜運氣太差，讓你遇上我。」

「剛好相反，我女朋友總是嫌我膽小。」阿翔彷彿是在跟自己說話：「我害怕和人起衝突，害怕流血，也害怕哪天蛋蛋破裂死掉。」

又來了，這個不會看場合的死宅男，興頭一來就說個不停。

「但有天我突然發現，這個世界上我最害怕的，就是每天早上睜開眼睛，看不見她的臉。對我來說，再無更勝於此的恐懼。」

「話真多。」奧勒多高高躍起。

他弓起發達異常的背肌，在半空中劈開腿，雙手並用將蛋蛋往上拉至與肩同高。

「範圍技——蛋如雨下。」

轟轟轟轟轟轟轟。

高速彈射的蛋蛋化做殘影，如同一蓬一蓬的彈雨在地上炸開，美麗的庭院彷彿被戰鬥機轟炸過一樣，煙塵瀰漫。

「你剛剛說，我的運氣不好？」

煙塵中，阿翔的聲音傳來。

奧勒多瞪大眼睛。

「我倒覺得自己的運氣好得不得了啊！任性地對自己的身體施加手術，換得等高的蛋蛋，還妄想像常人一樣生活。換個人像我這樣子亂來，可能早就死了吧。」

阿翔的身影在煙塵中浮現。

「我在日常行動的過程中，需要運用全身的肌肉來保持胯下穩定，否則蛋蛋就會相互碰撞磨損，真的是痛到生不如死。」他臉色發青地說道：「直到有一天我發現，只要暫時忍受蛋蛋碰撞，我就能反向驅使全身的肌肉來移動身體，獲得常人難以企及的速度，我把這種狀態叫做『震蛋通迅』。」

「萬中挑一的天才啊，你又怎麼會知道，僅僅只是為了活下去，我們這些凡人究竟得承受多少煎熬與苦痛？」

我簡直要拍手叫好，阿翔竟然在我不知道的情況下練成了詭異的移動身法。並非依賴優異的基因，而是透過苛刻的自我折磨，達成從極靜到極動的轉換，天下無雙的震蛋通迅！

令人難以想像，為了避免蛋裂身亡，為了能夠與所愛之人多相處一天，他到底經歷了多麼嚴酷的鍛鍊？

「奧勒多！你還在磨蹭什麼?!」瓦依納莫大喝。

「閉嘴，死老頭！」我痛快回嗆。

瓦依納莫朝我看了過來，嚇得我一陣哆嗦。

下一秒，他駕駛著電動輪椅朝我衝來，我見狀拔腿就跑。

「高紈，不用怕他！」阿翔遠遠對我大叫：「拿出你做為先知的實力吧！」

「我哪有什麼實力啦！」我邊跑邊隔空回話：「快救救我啊！」

阿翔一愣，張大嘴道：「你該不會沒有用蛋蛋打過架吧？」

「你他媽講什麼幹話啦！若無其事用蛋蛋戰鬥的你們才是奇怪的那邊吧？」

一直站在旁邊的萱萱露出詫異的表情，好半晌才吐出一句話：「……豬隊友。」

蛤?!

妳以為這一切都是為了誰啊？

是我的錯嗎?!不會用蛋蛋戰鬥是我的錯嗎?!

話說回來，為什麼我也要戰鬥啊？請殺手是請假的嗎？還是用我的蛋蛋付帳的欸！

我越想越氣，轉頭朝疑似打混摸魚的覆巢二人組看去。

只見安彤放下背上那綑又厚又重的捲軸，正津津有味地看著，銘塵則警戒在他身邊，兩人完全沒有動手的意思。

「阿翔！你請的殺手完全沒屁用啊啊啊啊啊！」我崩潰地抱頭大喊。

仗著輪椅轉彎不方便，我開始繞著噴水池跑，才勉強沒有被追上，兩人就這樣繞著噴水池轉圈圈。

阿翔無奈地聳聳肩，身影突然又是一陣模糊，背後的大理石雕像炸開。

「你很能躲啊。」奧勒多的臉色越來越陰沉，高傲的他似乎無法容忍阿翔一邊戰鬥一邊分神講話。

「還好啦，是你太慢了。」阿翔推推眼鏡，宅男有話直說的程度真令人心驚。

「是嗎？那為什麼從剛剛開始，你就不敢靠近我呢？」奧勒多冷笑。

我心一凜，的確，阿翔嘴巴上沒說，卻隱隱與奧勒多保持著固定的距離。

因為只要再靠近對手一點，他就沒有躲過攻擊的把握。

更因為，他完全沒有攻擊手段。

兩人一攻一閃，誰也奈何不了誰。

然而阿翔只是不慌不忙地躲避著攻擊，彷彿等待著什麼。

「不妙！」我一邊跑一邊思考，突然發現一個驚人的事實：「萬一我被抓到，阿翔不得不為了我打破僵局，這樣一來，輸掉戰鬥不就完全變成我的錯了嗎?!」

瓦依納莫似乎早就明白了局勢，一言不發地追著我。

媽的，搞得好像我真的是來拖後腿的一樣。

我懷著滿肚子幹意，開始調整自己的呼吸。

不就是比耐力嗎？好歹我也是個四肢健全的肥宅，誰怕誰啊？

遠遠的，奧勒多終於停止無謂的蛋蛋轟炸，開口說道：「你是不是以為我沒有別的戰鬥手段了？」

「我還真的是這麼期望的。」阿翔也停下閃躲的腳步，輕輕壓著胯下，扶穩劇烈搖晃的蛋蛋。

奧勒多沒有再說話，左手筆直舉起，遙遙指著阿翔，右手前所未有地用力捏住蛋蛋，向腰後拉至極限。

他的大腿肌肉鼓起，像兩根粗大的鐵樁一樣紮在地面上，承受著強大的蛋蛋張力。

然後，他的手指像上發條一樣開始扭轉自己的蛋蛋。

繃繃繃繃繃……

因為拉扯過度，皮膚開始發出彈性疲乏的聲響，伸長變形的陰囊慢慢旋轉出螺紋。

「真的假的，不會痛嗎？」阿翔苦笑，冷汗滑下鼻樑。

「當然是痛得要命啊。」奧勒多咬破自己的嘴唇，猙獰地笑著：「不過不會比你待會還痛。」

霎時間，一股強大的氣勢從他身上湧出，從四面八方鎖定住阿翔。

即使是我也看得出來，只要被這發蛋蛋打中，一切就結束了。

凶險之際，阿翔卻突然轉頭。

他看著遠方的愛人，語氣呆板地問道：「萱萱，妳的答案呢？」

此刻的萱萱早已淚流滿面，她哭得抽抽噎噎，幾乎無法說話。

「笨……笨蛋……」虛假的防衛終於潰堤，她不顧形象地嚎啕：「帶我走啊！」

阿翔露出滿足的笑容。

蓄力許久的奧勒多放開蛋蛋，發出震天價響的大喝。

「鎖定技——蛋無虛發。」

那瞬間，我沒有聽到蛋蛋射出去的聲音，我甚至沒有看見蛋蛋射出去的殘影。

轟隆。

半秒鐘後，空氣中一股衝擊波擴散。大理石打造的地面被氣流刨開一道深深的溝痕。

超越音速的蛋蛋掀起凶悍的氣浪，將我整個人颳倒在地，瓦依納莫也不由自主摔下輪椅。

我趕忙爬起身，查看阿翔的情況。

庭院的牆壁上破了個大洞，蛋蛋的餘威穿牆而過，在冰雪中持續呼嘯前進，衝向看不見的遠方。

阿翔蹲在破洞旁，一手扶著地面，一手摀著側腹，臉色一片慘白，鮮血汩汩流出指縫。

冷風灌進庭院，吹乾他嘴角的血跡。

他堪堪避開了要害，卻仍被轟破了側腹。

「呼……呼呼……你運氣果然……果然不錯。」奧勒多胸膛劇烈起伏著，他的蛋蛋已經瘀青發腫，裂開的皮膚隱隱滲血。

即使是最韌的蛋蛋，在音障之牆的碰撞下也不免受損。

「別告訴我你這招可以連發啊。」阿翔皺著眉頭。

「用不著。」奧勒多突然咧開嘴，扭腰一甩蛋蛋。

阿翔臉色劇變，陡然爆喝：「你敢！」

我還沒搞清楚狀況，喉間突然一緊。

那個陰險的傢伙居然趁機用陰囊纏住我的脖子！

我試圖扯開纏在喉嚨上的蛋蛋，手指卻漸漸失去力氣。

奧勒多高高躍起，停在一座假山上，居高臨下冷冷地道：「跟你的朋友道別吧。」

「絞殺技——命在蛋繫。」

「咳嘎……啊啊……」纏在頸部的蛋蛋往上收緊，我雙腳離地，兩眼上翻，舌頭長長地吐了出來。

做夢都想不到，我有天居然會被蛋蛋吊死。

我的意識越來越模糊，眼看就要昏死過去，安彤的聲音在我耳邊響起。

「……目標解析完畢……《青囊書》第七卷第四章導入開始……導入完成……」

咚。

我脖子上的蛋蛋霎時鬆開。

「噗哈！咳咳咳咳！」我貪婪地呼吸著空氣，一邊急忙用眼睛確認狀況。

奧勒多正一臉驚恐地看著安彤，他的身前插著一把短刀。

若非他及時收回蛋蛋，那把刀就會把他的蛋蛋釘在地上。

瓦依納莫已經忘了要追我，神色震撼地道：「《青囊書》？」

雖然他的發音有點拗口，我還是從他的語氣中聽出忌憚。

「結束了。」阿翔走向我，將我扶了起來。「沒事吧？」

「青囊書是什麼鬼？」我揉了揉脖子。

阿翔馬上開始賣弄他淵博的蛋蛋知識。

「根據文獻記載，東漢末年，神醫華陀因觸怒曹操身陷囹圄，他知道自己死期不遠，於是在獄中將畢生研究醫學的心血編篡成書，稱之《青囊書》。華陀臨死前，欲將此書託付給某個獄卒，對方卻因為害怕而拒絕，華陀萬念俱灰，憤而燒書[1]。後世人們用來閹割牲畜的技巧，就是書中斷簡殘篇的記載[2]。」

「然而事情的真相是，《青囊書》並未被燒毀，反而被獄卒偷偷掩藏，完整地流傳下來，上頭記載的也並非醫學資料，而是古往今來最齊全的閹割知識。那本書中記載了應對各種類型的蛋蛋的方式，可以說是黎布拉的剋星。」

在他解說的同時，安彤手裡握著短刀，向奧勒多步步逼近。

1《後漢書》：佗臨死，出一卷書與獄吏，曰：「此可以活人。」吏畏法不敢受，佗不強與，索火燒之。

2《三國演義》：青囊書不曾傳於世，所傳者止閹雞豬等小法，乃燒剩一兩頁中所載也，後人有詩曰：華佗仙術比長桑，神識如窺垣一方。惆悵人亡書亦絕，後人無復見青囊！

原本溫和害羞的男孩此刻面無表情，彷彿化身冷漠的殺手。

期間奧勒多屢次試圖用蛋蛋攻擊安彤，他卻總是在蛋蛋觸碰到自己之前，先一步用刀刃對準了蛋蛋，使得蛋蛋無功而返。

「《青囊書》的資訊量過於龐大，解讀起來十分費時，安彤的速度已經足以說是天縱奇才，沒想到你如此不中用。」銘塵說道，毫不掩飾對我的不屑。

「真是抱歉啊，我看你也沒做什麼事啊。」我沒好氣地道。

「找死！」遠方，奧勒多目露凶光，雙腿微蹲，左手平舉，遙遙指著安彤，那股沉重的氣勢再度瀰漫而出。

「小心！」眼看他又要用剛才那招，我不禁擔心地叫道。

唰。刀光閃過。

奧勒多的左手食指掉在地上，他的腳步一陣踉蹌，氣勢蕩然無存。

「那個招式威力太強，發動時若是失去了這根手指，就無法維持平衡吧。」安彤不帶情感地說道。

奧勒多終於慌了神，轉身想要逃跑，可惜他一背對安彤，安彤就欺身而近，割斷了他腳踝上的肌腱。

咚咚咚咚。

奧勒多發出淒厲的哀號，手掌腳掌被安彤用刀釘在地上。

擁有最韌蛋蛋的男人，立於黎布拉頂點的尊貴戰士，此刻狼狽地跪趴在地上，如同牲畜一樣動彈不得，劇痛使得蛋蛋無力下垂。

「可以的話，請你不要掙扎得太用力，以免我割偏了影響賣相。」

安彤在奧勒多身後蹲下，從腰間拿出一條繩子，繫在奧勒多的蛋蛋根部。

血液集中下，蛋蛋很快膨脹肥美了起來。

「你們知不知道自己在做什麼？」奧勒多色厲內荏地威脅道：「你若真的動手，黎布拉絕不會放過你們。」

啪。

安彤拍了一下奧勒多的屁股。

奧勒多的臉色瞬間慘白，這位高傲的戰士只怕此生都從未有過這種屈辱。

啪、啪、啪……

安彤一語不發，在奧勒多臀部、大腿、下腹等部位一陣拍打。

「他在幹嘛？」我問道。

「這樣做能讓血管麻木，減緩痛苦。」阿翔說道。

「等、等等……你聽我說……」奧勒多終於失去了強硬的態度，毫無血色的嘴唇顫抖：「盜、盜懶集團……我求求你……要懶覺的話你就拿去……唯有蛋蛋……唯有蛋蛋……」

安彤從懷裡抽出一隻木棍，塞進奧勒多嘴裡，輕聲叮囑：「別說話，小心咬著了舌頭。」

奧勒多仍試圖求饒，卻只能發出嗚嗚嗚的聲音。

見到他悲慘的模樣，我突然感到於心不忍，轉頭對阿翔說道：「欸，反正我們已經贏了，放過他好不好？」

阿翔沒有回答，只是嘆了口氣。

「放過他？」銘塵冷笑：「你在玩什麼扮家家酒？」

「我覺得你好像看我很不順眼齁？」我忍不住有點火大，這人講話怎麼處處針對我？

「看到你這種天真的人，我就覺得噁心。」銘塵毫不避諱地承認。

「阿翔？」我問。

「這也是酬勞的一部分。」阿翔張大眼睛，彷彿正強迫自己正視自己的罪業。「高紈，你要明白，我們不是正義的一方。」

此刻我才想起來，跟我站在一起的，是來自世界黑暗面的凶殘集團，以收割人類性器為業的惡徒。

既然如此，與他們身處同一陣營的我，又算什麼？

奧勒多似乎聽出我在為他求情，拚了命地扭過頭，用懇求的眼神望著我。

我不忍地移開視線。

「你、你們……這個手法……」瓦依納莫指著安彤，驚駭地說道：「你們不是國際盜懶覺集團！」

銘塵用冰冷的眼神朝瓦依納莫看去，語氣中充滿殺機：「你知道的太多了。」

「……好大的膽子……你們是在跟黎布拉宣戰啊！」瓦依納莫不斷發抖，喃喃道：「必須告訴堡主……這種事情……堡主知道的話……」

「啊啊啊啊啊！」

奧勒多痛到咬斷木棍，撕心裂肺地尖嚎，聽得我蛋蛋都縮了一下。

安彤從懷裡拿出一個小皮囊，小心翼翼將奧勒多的整副性器裝進去，然後又摸出一罐藥膏，塗在奧勒多的胯部。

奧勒多終於承受不住劇痛，暈了過去。

安彤將那罐藥膏啪搭一聲扔在瓦依納莫面前，交代道：「每天早中晚抹一次，一個月後傷口就會癒合了。一定要記得抹藥，否則傷口的部分會凹進去變成倒漏斗狀，以後尿尿會亂噴，很不方便。」

安彤走回銘塵身邊，他似乎是累壞了，臉上的表情看起來昏昏欲睡。

「阿翔……」萱萱走向愛人，用手撫摩阿翔消瘦的臉：「我一直在保護你……」

「我知道。」阿翔握住萱萱的手，笨拙地安慰道：「但是現在我們可以走了。」

萱萱搖搖頭，仍然止不住淚水：「你根本不知道現在這裡有多危險，你有沒有想過為什麼他們要將我拘禁在這裡？我的蛋蛋……」

「銘塵，有蛋蛋在靠近。」安彤突然撐開疲憊的雙眼，面色凝重地道：「很快。」

聽到他說的話，萱萱渾身一顫，尖聲叫道：「快走！阿翔，快走！」

阿翔點點頭，對銘塵說道：「結束了就趕緊走吧。」

「都怪你們拖拖拉拉，快逃啦。」我說道。

「逃？」跌坐在地上的瓦依納莫冷笑：「你們誰也逃不了了！」

我們當然沒有理會他，加緊腳步朝奧勒多轟出來的破洞逃出黎布拉，頭也不回地狂奔。

身後，瓦依納莫高亢尖銳的笑聲不斷在寒風中傳來。

「那個男人回到黎布拉了！你們誰都別想活著離開哈哈哈哈哈哈哈！」

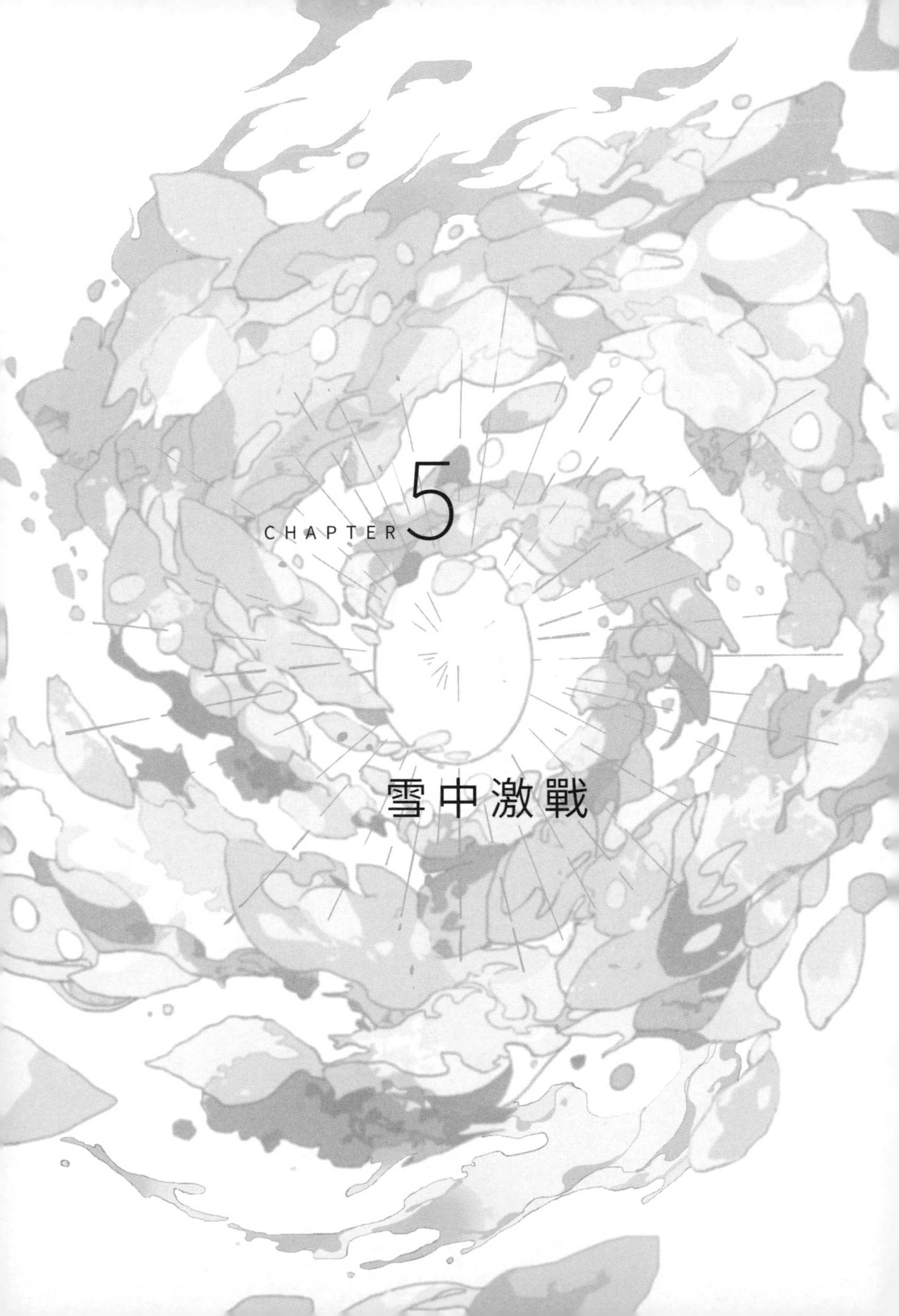

CHAPTER 5

雪中激戰

寒風刺骨，飛雪飄零，我們五人在芬蘭郊區的森林裡狂奔。

情況不太樂觀，萱萱體力不佳，阿翔身負重傷，同行的兩人也不知是敵是友。

——這樣一來，不就全指望我了嗎？

我暗暗握緊拳頭，身為值得信賴的男子漢，關鍵時刻我得努力一點才行。

突然間，阿翔停下腳步，劇烈地喘息。

「阿翔？」萱萱扶住阿翔，關切地問道。

「萱萱，妳聽我說……」阿翔勉強抓著萱萱的手保持平衡，斷斷續續地說道：「往南……往南走……一直走……不要回頭……咳！」

他嘔出一攤血，撒在雪地上，很快凍結成深褐色的冰。

「阿翔？怎麼回事？」我聽出情況不對。

「高紈，抱歉，我……我先休息一下……很快就會趕上你們……」阿翔艱難地擠出笑容。

「你別說這種話！」萱萱慌張地抱住阿翔。

「阿翔，要走一起走。」我皺起眉頭。

「高紈，你是我的好朋友，萱萱是我此生最愛的人，如果之後遇到什麼事……」

「別在這裡插旗啊白痴。」我打斷他的話：「我這麼弱，一定保護不了她的，你給我振作點！」

「不，我是想說，如果之後遇到什麼事，她會保護你的，不用擔心。」阿翔氣若游絲地道。

幹！是有沒有這麼瞧不起我啊？

我氣得要命，不過看在阿翔可能是傷到神智不清的份上，也沒跟他計較。

「你們快走！不走就來不及了！」阿翔突然迴光返照般瘋狂掙扎。

我心急如焚，抓住銘塵的袖子，粗暴地吼道：「喂！你們不是有藥嗎？快拿出來救人啊！」

「憑什麼？」銘塵不耐地甩開我的手，說道：「這不在委託的範圍內。」

雪花飄落在阿翔的臉頰上，被體溫融化為水，覆又凍結成霜。

我心急如焚，突然伸手捏住自己的蛋蛋，大聲說道：「你不救他，我就捏爛葩自殺，到時候什麼酬勞都別想拿。」

銘塵沉下臉，低聲吼道：「你有種就試試看。」

「你以為我不敢？」我怒目而視。

就這樣僵持了幾秒，我暗暗吞了口口水。

其實我還真的不敢。

似乎是感受到我的想法，蛋蛋輕輕抖了一下，一股熱流從胯下傳來。

我愣然，隨即意識到它竟在鼓勵著我。

蛋蛋，即使是現在，你也還支持著我嗎？

我究竟何德何能啊……

我眼眶一紅，胸中豪氣頓生。

沒蛋蛋就沒蛋蛋吧，反正船到橋頭自然直。

我閉上眼睛回想跟蛋蛋一起生活的點點滴滴，眼角噙著淚。

再見了，這二十幾年的相處，我很快樂。

如果有來生，希望你可以找個帥一點的主人帶你破處。

我咬牙，手指發力。

「住手！我治！」

我趕緊收力，險些捏破自己的睪丸，冷汗涔涔。

安彤彎下身體，開始救治起性命垂危的阿翔。

銘塵則在一旁用恐怖的眼神瞪著我，一邊低聲喃喃。

「割你蛋蛋的時候，我一定親自動手，我會割得很慢、很久，讓你痛到後悔帶著蛋蛋出生在世上。」

我假裝沒聽見他的話，上前觀察阿翔的傷勢。

安彤的藥果然神效，用不了多久，阿翔的呼吸已經恢復平穩。

「他現在還很虛弱，得休息靜養幾天。」安彤站起身，突然一陣踉蹌往旁邊倒下，銘塵接住他的身體。

「銘塵，我累了……」安彤躺在銘塵的手臂上，闔上眼睛，沉沉睡去。

解讀《青囊書》過於費力，他的意識已經支撐不住。

這下好了，五個人裡面已經有兩個失去行動能力。

銘塵一語不發地背起安彤，冷冷地看著我。

其實在大雪中奔跑，肥宅我也累得要死，看萱萱一副游刃有餘的樣子本來想請她背阿翔，可是銘塵眼裡的輕蔑讓我難以忍受。

「我背你！」我對阿翔伸出手。

「沒關係，我可以自己走。」阿翔強撐起自己的身體。「我們趕快……」

「翔仔，你再走下去，會死的。」

大雪間，一句話響起。

白濛濛的遠方，一個身影緩緩走近，操著熟悉的臺灣口音。

萱萱瞬間面如死灰。

「嘖。」銘塵皺起眉頭。

這個沒心沒肺的傢伙一定覺得是我拖了太久時間。

「阿翔，你認識他嗎？」我緊張地問：「如果打起來，我們有幾成勝算？」

「勝算？」阿翔慘然笑道：「高紈，如果打起來，我們大概有一成機會，可以保住小命。」

「黎布拉中，擁有『最』之稱號的六人裡，只有奧勒多駐守在城中，你知道為什麼嗎？」萱萱的表情也是一片絕望：「因為其他五人一旦在城內用蛋蛋戰鬥，過強的威力恐怕會將黎布拉夷為平地。」

我張大嘴巴，有沒有這麼誇張？

這群人到底是怎麼搞的啊？就不能正常地使用蛋蛋嗎？

身影終於走到眼睛能看清的範圍內，風雪驟然而止，彷彿天地都要在這個男人面前臣服。

那是個隨處可見的中年大叔，穿著色彩鮮豔的花襯衫及深藍色的海灘褲，雙手插在口袋裡，腳下踩著一雙涼鞋，活像個正在夏威夷度假的死臺客。

然而看到他的那瞬間，銘塵竟露出驚懼的神情。

「財哥。」阿翔苦笑道：「你今天回來得真早。」

「你們都打成那樣了，我能不回來嗎？我吃飽太閒啊？」中年男子皺眉，一臉莫可奈何地道：「你擄人就擄人，為什麼要閹掉奧勒多？」

「奧勒多太強，我別無選擇。」阿翔虛弱地說道。

他低下頭，幾乎不抱任何期望地懇求：「財哥，我一直都很尊敬你，不想跟你動手，可不可以……讓我們走……」

財哥嘆了口氣，悠悠說道：「我很後悔，當初不該帶你來黎布拉。

「跟我回去，我保你跟萱萱不死。」

「只保他們不死？」銘塵冷笑，臉色鐵青地道：「當我死人嗎？」

「我沒有在跟你說話。」財哥淡淡地道。

「菲尼克斯。」銘塵的神色忌憚：「即使在國際盜懶覺集團中，你的名字也是一道無法逾越的高牆。但你也莫要欺人太甚！」

「那都是別人亂取的。」財哥聳聳肩：「叫我旺財就可以了。」

他懶洋洋地道：「倒是你們兩個，真的是國際盜懶覺集團的成員嗎？那邊那個小鬼是淨身師吧？這樣帶著青囊書到處亂跑，不怕出事嗎？」

「是不是都不重要，你不要以為我們真的會束手就擒。」銘塵冷然道。

「我也沒有很在意啦。」財哥哈哈一笑，轉頭問道：「翔仔，你決定了嗎？」

「對不起。」阿翔離開萱萱的攙扶，面色凝重：「對手是財哥的話，我完全沒有逃走的把握，所以我會用盡全力，想盡所有方法，不擇手段地逃命。」

他伸手扶住自己的胯下，認真地說道：「即使，我可能會……不小心殺了你。」

財哥點點頭，慢條斯理地脫下褲子，扔到一邊，然後從胸前的口袋裡掏出一個菸盒。

「翔仔，我很欣賞你。」財哥抽出一根菸，眼神滄桑。

「別死啊。」

森林中，白色的煙霧裊裊升起。

我瞪大眼睛。

財哥沒有點菸，是他的蛋蛋在冒煙。

嗶嗶剝剝。

他的蛋蛋彷彿兩顆燒紅的鐵球，透出灼熱的紅光，熱氣隱隱扭曲了光線。

我的大腦陷入混亂。

對生物而言，脆弱的睪丸如同要害，暴露在體外十分危險。無奈恆溫動物體內的溫度過高，不利於精子的製造，睪丸才不得不冒著風險垂在體外。

在演化的過程中，比起生存，蛋蛋優先選擇了繁衍，這一切都是因為「溫度」。

然而，在我眼前發生的事徹底打破了這個理論。

我突然想起菲尼克斯這個名字的意涵。

僅存在於傳說中的浴火神鳥——鳳凰（Phoenix）。

財哥把菸頭戳在蛋蛋上面，香菸瞬間燃掉一半。

他叼著剩下的半根菸，指著胯下說道：「我有個習慣，打架前一定要自我介紹，我認為這是一種禮貌。」

好囉嗦的習慣。

「這個傢伙，是世界上『最燙』的蛋蛋。」

積雪在我腳下融化，匯聚成水流。

「在我遊歷世界的旅途中，擁有過許多名字。西方人叫我菲尼克斯，日本人叫我炎丸，不過我比較習慣以前在臺灣的時候，別人給我起的綽號。」

財哥吐出一口煙。

「請多多指教，我是懶葩火。」

雪地中，烈焰沖天而起。

熱浪席捲，烤得我的頭髮微微焦鬈。

阿翔雙眼緊緊盯著財哥，說道：「他還得睡多久？」

銘塵說道：「即使安彤現在開始解讀青囊書，也要花費十五分鐘以上。」

「我們撐不了那麼久。」阿翔果斷地說道：「逃。」

「逃」字出口的一瞬間，他的身影消失在原地。

嗡。我一陣耳鳴。

與其說是奔跑，阿翔強行驅使全身肌肉的身法更像「震動」。

他現在的速度，比起和奧勒多戰鬥時起碼快了一倍。

半個眨眼的時間，他出現在財哥面前，半空中扭腰甩出一腳。

我忍不住脫口：「好傢伙，竟然還藏了這一手。」

那一腳颳起凌厲的風，軍刀一樣朝財哥的側臉劈去。

財哥吐出一口煙，蛋蛋瞬間噴出火光。

轟隆。

阿翔整個人被炸得倒退飛回，藉著這股衝力，他一手拎起萱萱，一手拎起我，把我們夾在腋下，朝反方向狂奔。

他的速度之快，讓我只覺得眼前一花，整個人已經被帶著跑。

我依稀看到銘塵揹著安彤往反方向潛逃。

嗡嗡嗡嗡嗡……

耳鳴聲令我頭痛欲裂，那是阿翔蛋蛋超負荷運轉所發出的悲鳴。

轉眼間，財哥已經變成遠方一個發光的小點。

那個小點越來越亮，然後突然爆炸。

只一剎間，財哥的臉孔在身後貼近。

他利用胯下噴火產生的動能，輕鬆追上了阿翔。

阿翔悶哼一聲，速度再度激增。

「高紈。」阿翔在我耳邊說道。

「嗯嗄？」強風颳得我幾乎張不開眼。

「我需要你幫我一個忙。」

他話還沒說完，我已經聽到萱萱的驚呼聲。

我睜開眼睛一看，阿翔的胯下正在滲血，他的蛋蛋正以超乎尋常的頻率震動。

「握住我的蛋蛋，讓它盡量不要晃得太大力。」阿翔說完這句話，繼續專心奔馳。

我趕緊伸手握住他的蛋蛋，一股強大的衝擊力傳來，震得蛋蛋險些脫手，我不禁駭然。

這超乎常理的極速，竟是用極端的自我傷害換的。

我不知道這種方式還能支撐多久，我所能做的，只有用盡全力握住阿翔的蛋蛋，盡可能減輕他的痛苦。

轟。

爆炸聲再度響起。

阿翔的身影瞬間停止，強大的動能破壞了冰層，蛋蛋幾乎震裂我的手腕。

我睜開眼睛，財哥已經攔在身前。

他赤裸的下身包覆著鎧甲一般的熾熱火焰，默默地站著。

他沒有說話。

他已不需要說話。

這就是擁有「最燙」稱號的男人，黎布拉最頂尖的炎之戰士，懶葩火。

沉重的絕望籠罩，阿翔終於忍不住單膝跪了下來，他的蛋蛋彷彿燒壞的馬達，隱隱發出隆隆隆的崩壞聲。

「翔仔，你這招跟誰學的？」財哥問道。

「我發明的。」阿翔牽著萱萱的手，痛到流出冷汗。

財哥搖搖頭，說道：「你絕不是第一個用這招的人，跟我回去，我讓克勞斯那傢伙把整套都教給你，十年之內，黎布拉最強者的位置有你一個。」

「財哥，你怎麼還不懂我？」阿翔搖搖頭：「強者的地位，我的性命，這些東西我根本就不在乎。

「伊斯特之祭快到了，在這之前，我必須帶著萱萱離開。」

財哥面色一變，說道：「誰告訴你的？」

「你果然知道這件事。」阿翔說道：「我始終想不透，像你這樣的人，為什麼會效命於黎布拉。」

財哥沉默了一會，說道：「也許我們都一樣，別無選擇。」

阿翔說道：「無論如何，我都想帶走他們。」

財哥漠然道：「你做不到。」

「是，所以我只好死在這裡。」阿翔鬆開萱萱的手，推了一下眼鏡：「至少他們可以自己走。」

我心一凜，抓著阿翔的肩膀，說道：「別做傻事。」

阿翔沒有理會我，他努力撐開顫抖的雙腿。

他的胯下，乾癟的蛋蛋早已失去生機，像是兩顆枯萎的果實。

即使到了這個時候，他也還沒有放棄。

那對千瘡百孔的蛋蛋像老舊的鞦韆一樣開始左右擺盪。

蛋蛋越盪越快、越盪越快，慢慢變成模糊的殘影。

錚。

突然間，我雙膝癱軟跪地，心臟停頓，胃部翻攪，蛋蛋瞬間僵化，彷彿一顆鉛球直直從胯下敲進體內。

這是……什麼招式……

財哥身上火光一黯，眼神緩緩凝重了起來。

阿翔的臉上一片死氣。

「財哥，這個會有點痛喔。」

嗡嗡嗡嗡嗡嗡嗡嗡……

阿翔的蛋蛋如同發瘋的鐘擺一般擺動。

我耳中的嗡鳴聲越來越大，幾乎要脹破耳膜。

財哥凝神，身遭的火焰凝縮至胯部。

突然間，耳鳴聲戛然而止。

啪嚓。

鮮血飛濺。

阿翔愣在原地，錯愕地看著自己的胯下。

財哥張大嘴，臉上難掩詫異。

我瞠目結舌，看著眼前令人難以置信的一幕。

在漫畫小說裡，常常會有主角爆發出數倍戰力、打倒強於自己敵人的情況出現。

然而現實中並沒有這麼方便的事情。

打從一開始，阿翔就已經將所有實力釋放完畢。

所有的潛能、所有的可能性都已經燃燒殆盡。

因此會有這樣的結果也是理所當然的。

千瘡百孔的蛋蛋，終於承受不了如此高強度的戰鬥，在慣性作用下脫離阿翔的身體，遠遠飛了出去。

蛋蛋在空中滑行，一邊慢動作迴旋甩動，彷彿依依不捨地與主人訣別。

「等、等等……不要離開我……」

阿翔驚慌地朝蛋蛋伸出手。

「還沒有……還不夠……拜託……再一下下就好……」

啪答。

失去生機的蛋蛋掉落在雪地上。

「再給我一點力量啊啊啊啊啊啊——————！！！」

阿翔的眼淚潰堤，聲嘶力竭地大吼。

冰冷寂寥的雪地中，淒厲的悲鳴引動四方狼嚎，久久不散，彷彿喚醒了整座森林的嗚咽。

蛋蛋並沒有回應他的呼喚，只是靜靜地躺著。

我胸中一酸，突然想起阿翔跟我說過的話。

——你知道為什麼閹割又稱為去勢嗎？

——因為對人類來說，失去了蛋蛋，就等同於失去了最重要的器官，也失去了所有力量。

財哥不忍地別過頭，深深吸了口菸，蛋蛋緩緩冷卻下來。

雪地中，一股輕柔的氣息從四面八方快速湧現，大批身穿白紗的人影包圍了我們。

他們的身影如朝霧一般飄渺朦朧，彷彿夢幻一樣隨風而逝。

「尊敬的菲尼克斯，到此為止了，您已經贏得這場戰役。」

充滿磁性的輕柔嗓音響起，歌聲一般包覆著我們。

財哥默默朝我們走近，拉起萱萱的手。

我什麼都沒有做，因為我什麼都不能做。

萱萱沒有說話，從財哥出現的那一刻起，她彷彿就已經知曉了結果。

她只是靜靜地看著阿翔的臉，她看得很深、很慢，彷彿要把阿翔的臉孔烙印在心裡。

財哥牽著萱萱轉身離開，兩人的身影漸行漸遠，被薄霧一樣的人影重重覆蓋。

阿翔眼神渙散地盯著自己的蛋蛋，淚水在臉上無助地蜿蜒。

「你累了。」輕柔的聲音再度響起：「先休息一會兒吧。」

聲音彷彿有股神奇的魔力，阿翔像個哭累的嬰兒，緩緩閉上眼睛，含淚睡去。

「你們是誰？」我好奇地問。

我的心情並不緊張，因為我能夠很清楚地感應到這些身影所散發出的氣氛。是的，比起「氣息」，他們那份與世無爭的感覺更像是一種「氣氛」。比羽毛還輕盈，比雲朵更柔軟。

要比喻的話，就像植物一樣。

「我們是尤努柯斯。」聲音朦朧回應。

像是母親低吟的小曲，又彷彿是歌劇中壯闊的大合唱，聲音在樹林中交疊迴盪。

「我們是戰敗者，我們是觀望者，我們是收容者，我們是尤努柯斯。」

「我們是殘缺者，我們是寬恕者，我們是慰藉者，我們是尤努柯斯。」

「我們是遺棄者，我們是忘卻者，我們是閹割者，我們是尤努柯斯。」

輕柔的嗓音帶著一股催人昏睡的魔力，我迷迷糊糊地闔上眼睛。

茫然間，尤努柯斯對我問道：「新人類的領袖，你願意跟我們走嗎？」

我想回答，沉重的睡意卻讓我張不開嘴。

「你們不能帶走他，他是我們的。」

另一個聲音開口了，是個語氣執拗的女孩子。

「他似乎不願爭鬥。」尤努柯斯回應。

「從沒有人是自願爭鬥，但爭鬥找上他，他不能逃避。」聲音反駁。

我終於完全失去意識。

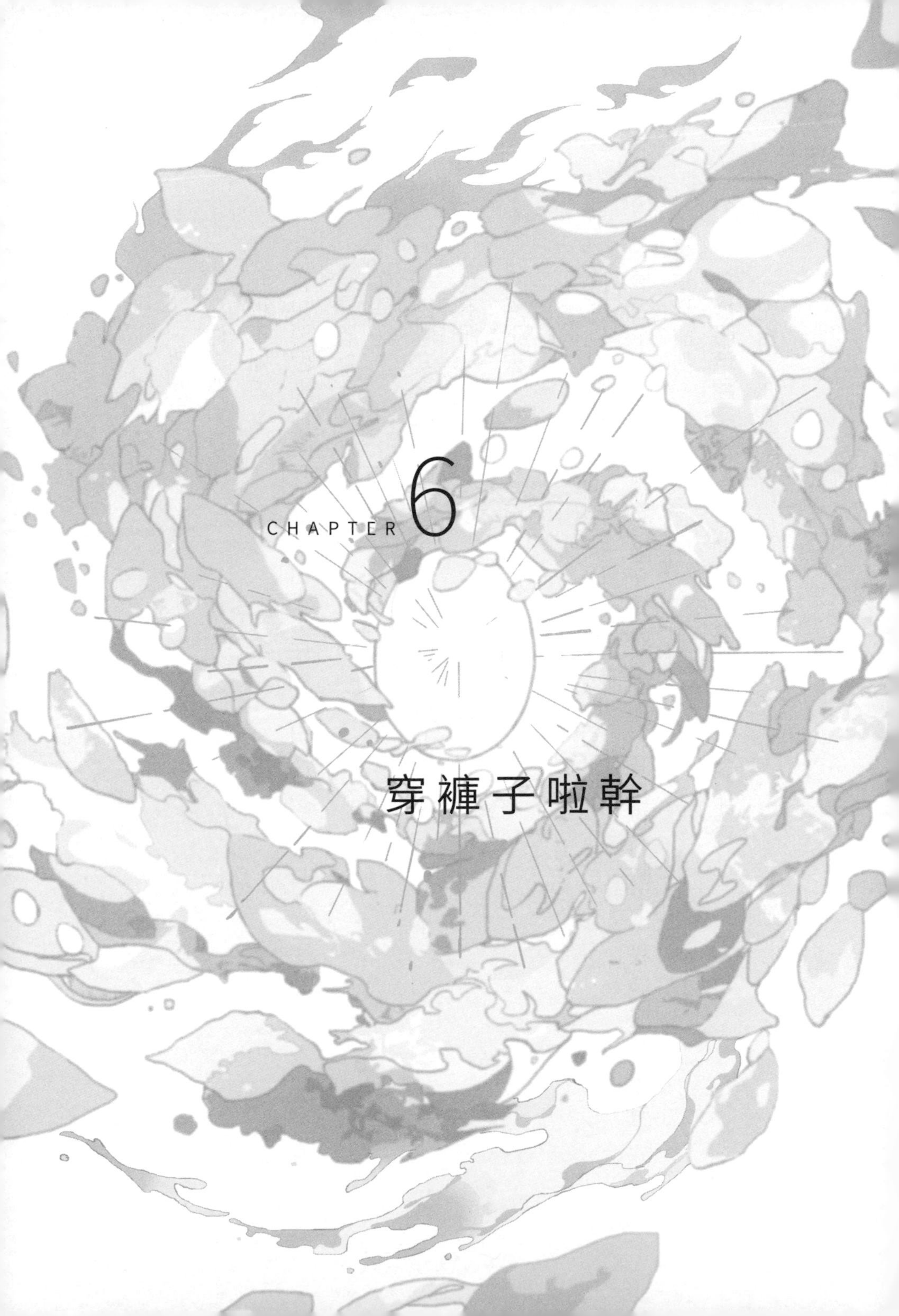

CHAPTER 6

穿褲子啦幹

「你渴望戰鬥嗎？」

不，一點也不。

「那你需要力量嗎？」

我也不知道。

我想要做點什麼，卻又害怕失去任何東西。

「這樣啊，謝謝你。」

你是誰？

「我還沒決定，也許我就是你，也許我不是。」

我不懂。

「活下去，我們一起活下去。」

再度睜開眼睛時，我正躺在一張柔軟的大床上。

房內十分暖和，溫眴的陽光從窗外流入，灑在我的臉上，我已經許久沒有睡得這樣酣熟。

我舒服地翻身，一張黑黝黝的臉孔正躺在我的枕邊。

「先知，你醒了。」

「嚇！」

我嚇得從床上彈了起來：「你你你你你……」

那人竟是我許久以前在臺灣見過的流浪漢！

「曉玫說您需要休息，於是我就自願來照顧您了。」流浪漢說道。

我坐在床沿，抓著棉被強作鎮定：「總而言之，你可以先離開我的床嗎？」

「可是先知，您壓到我的蛋蛋了。」流浪漢面有難色。

「你怎麼不早說！」

我趕緊站起身，看流浪漢像收釣魚線一樣慢吞吞拉回他的畸形蛋蛋。

「先知睡得可真熟，壓得我蛋蛋都麻掉了。」他呵呵笑著。

為什麼這個骯髒的傢伙會睡在我旁邊？

為什麼他該死的老是不穿褲子？

似乎聽見房內的騷動，門外腳步聲響起，兩個人走了進來，正是以前遇過的司機大哥跟酒吧小妹。

「還沒機會跟先知介紹。」流浪漢說道：「叫我阿文就可以了，開計程車的是阿良，這是曉玫，之前在酒吧工作，你們已經見過面了。」

曉玫耳根發紅，用手指遮著眼睛從指縫裡偷看。

「曉玫怕先知膽小，不敢自己一個人睡，所以讓阿文陪著你。」司機大哥說道。

「幹！為什麼不是曉玫陪我？」我怒道。

「人家也想，可是阿文哥的蛋蛋比較可愛。」曉玫害羞地垂下頭。

三小？你們的審美觀是被雷劈到了嗎？

「只要先知高興，這沒什麼。」阿文瞅了我一眼，紅著臉別過頭。

我、才、不、高、興！

還有你他媽的不准給我臉紅！

我揉揉隱隱作痛的額頭，問道：「這裡是哪裡？」

總覺得經歷過那麼多事之後，再跟這群人相處已經沒有當初的恐懼感了。

「這裡是黎布拉附近一處廢棄的古堡，那天我們為了保護先知，暗中跟您來到芬蘭，目睹了您與黎布拉的戰鬥。」

我的情緒瞬間低落了下來，那場戰役的尾聲浮上心頭。

與其說是戰鬥，不如說我只是站在旁邊目睹阿翔戰敗。

似乎看出了我的沮喪，曉玫鼓起勇氣說道：「先知真是勇敢，竟然敢和那個懶葩火對峙，曉玫超崇拜你的。」

我揮揮手示意她不用說了，煩躁地問道：「阿翔呢？」

「先知不用擔心，他被尤努柯斯帶走了。」阿良說道。

「誰？」我皺眉。

「尤努柯斯（eu.nouhos），在希臘文當中的意思是『閹人』，他們是由失去蛋蛋的人所組成的團體，不依附任何勢力，不參與任何爭鬥，只是在戰後收容像阿翔一樣的人。」阿良說道。

曉玫怯怯說道：「先知，阿翔他會過得很好的。」

「放屁！他怎麼可能過得很好？」我怒喝。

曉玫嚇得倒抽了一口氣，不敢再說話。

我心中燒起一把無名火。

「你們自稱是新人類？」

「是。」三人應聲。

「你們說我是先知？」

「是。」

「那為什麼我快被奧勒多勒死的時候，你們連個影子都沒出現？為什麼阿翔在跟那個用胯下噴火的大叔戰鬥的時候，你們一聲都沒吭？不是要革命嗎？

不是要改變世界嗎？你們如果一直都在旁邊，為什麼……為什麼不幫我？」

我的語氣漸漸弱了下來。

在臺灣的時候，我無情地拒絕阿文的邀約，等到自己出事了，才尋求新人類陣營的協助，他們憑什麼要幫我？

我只不過是在遷怒罷了。

阿翔失去蛋蛋時的表情在我腦中揮之不去。

到頭來，我不是什麼忙都沒幫上嗎？

三個人低著頭，沒有反駁，這種順從的態度反而令我窒息般難受。

「阿文。」

「是。」

「你們有多少戰力？」

「光在堡內的就有兩百餘人。」

「如果跟財哥……就是懶葩火對打，有勝算嗎？」我問。

「戰鬥不是我們的專長。」阿文說道：「但只要先知下令，我們大概能拖延懶葩火十分鐘的時間。」

「嗯。」我失望地應了聲。

曉玫接口說道：「論打，我們無論如何打不贏那些怪力亂神的蛋蛋。然而講到情報蒐集、資訊交易，我們可是這個世界首屈一指的勢力。」

阿文拿出手機撥了通電話，很快的五個人搬著幾箱資料進了房間。

「黎布拉、國際盜懶覺集團、淨身師、尤努柯斯……」阿文如數家珍地唸著：「每個勢力的實力構成我們都瞭若指掌。」

「淨身師？」我找到一個陌生又熟悉的名詞：「記得財哥說安彤就是淨身師？安彤不是國際盜懶覺集團的成員嗎？」

「淨身師的歷史源遠流長，最早從殷商時代就有文獻記載，直到東漢末年華佗《青囊書》傳世後開始形成組織，專門替皇室閹割宦臣。如果說國際盜懶覺集團是世界最大的傭兵集團，淨身師就是菁英雲集的古老世家，數千年的深厚底蘊以及系統化的訓練讓其成員個個都是閹割高手，族內被稱為『煽將』的存在，更是號稱擁有單槍匹馬割下『最之卵蛋』的實力。」曉玫耐心解釋。

我眼睛一亮，問道：「『煽將』打得贏財哥嗎？」

「事實上，還沒有過煽將與最之卵蛋交手的案例，不論哪邊落敗，對雙方來說都是難以彌補的重大損失，更何況，淨身師不像國際盜懶覺集團那樣四處樹敵，甚至與黎布拉簽訂了互不侵犯條約，雙方並沒有開戰的理由。」

我默默消化著剛得到的資訊，阿文又接著說道。

「安彤的技術尚未成熟，偷了族內至寶《青囊書》，加上先知的好友相助，勉強戰勝最韌蛋蛋。之後懶葩火也明顯手下留情，您才能生還。」

他吞了口口水，小心翼翼地說：「先知，這種好運氣不會再有了，希望您以後不要貿然與最之卵蛋開戰。」

開戰？我不過是旁觀罷了。

「阿翔……很強嗎？」我問。

「豈止是強，先知的朋友簡直是天賦異稟，若不是遇上懶葩火，假以時日定能成為足以抗衡最之卵蛋的偉大存在。」阿文語氣讚嘆。

不，才不是天賦異稟。

沒有人比我更清楚阿翔，那個連準時起床上課都做不到的大學生；那個為了在女友面前耍帥，偷偷拜託我打球放水的朋友；那個搞不清楚萱萱為什麼生氣，只好躲到我家打電動的死黨。

是啊，阿翔不過是個平庸的凡人。

然而這樣一個凡人，卻為了所愛之人，硬是將蛋蛋提升到天才的領域，強迫自己站在恐怖的敵人面前。

他嘴巴上一直要我別來，心裡其實怕得要命吧？

阿翔，你沒有我真的不行啊……

我走到窗邊，看向窗外。

森林深處，一棟雄偉的城堡佇立，正是等高蛋蛋之城，黎布拉。

「我長這麼大，從來都不覺得自己的蛋蛋有什麼特別，坦白說，到現在我還是覺得被你們當作先知根本就莫名其妙。」

我低頭摸了摸自己平凡無奇的蛋蛋，鼓起勇氣接著說話。

「跟黎布拉接觸過後，你們的心情我也或多或少可以理解了，這個世界上太多不合理的事情，那些目中無人的蛋蛋，的確是該教訓一下。雖然現在才說這個有點厚臉皮，我可能……需要你們的力量。」

咚。

我回過頭，阿文阿良曉玫三個人已經單膝叩地。

他們的身體因興奮而顫抖。

「先知，革命吧！向這個世界宣示平等的到來吧！」阿文熱淚盈眶。

「嗯。」我有點難為情地笑笑。

曉玫斜斜伸出手，手心向下，阿文、阿良也把手疊了上去，三人昂首期盼地看著我。

我蹲下身，緩緩伸出手，堅定地按在他們的手背上。

「從今天開始，新人類對黎布拉宣戰！」

我們四個人一起用力把手往下壓，重重拍在地板上。

噗唧。

「先知。」

「嗯？」

「你們壓到我的蛋蛋了。」

「穿褲子啦幹！」

「單兵注意！前方出現懶葩火！」曉玫精神抖擻地喝道。

「迅速臥倒，將蛋蛋置於身體下方，以兩手肘及兩腳尖支撐身體離地約十公分，張口掩耳，目視懶葩火方向。」我無精打采地唸出背誦上千次的口訣。

「此時發現砲聲低沉，對方懶葩發出大蒜異味，問單兵該如何處置？」

「拔屌測風向，將蛋蛋置於上風一臂可及之處，脫褲，向左翻身仰臥，左手打開口袋，右手取出保險套，以七字型撐開保險套，由下而上戴上保險套……呃……以手勢通知鄰兵，毒氣毒氣？」

「先知！你漏了好大一段！」曉玫杏眼圓睜。

我在新人類的臨時據點靜養了整整一週，這期間曉玫一直幫我惡補基本作戰技巧，以及亂七八糟的蛋蛋知識。

此刻，各式各樣的書籍檔案散亂堆放在房內，我正眼神渙散地坐在床緣，接受每天十幾次的突襲小考。

「小明發現自己的蛋蛋開始發熱、畏寒，大腿根部出現刺痛症狀，可能是什麼症狀？」

「睪丸發炎。」

「有天小華的蛋蛋開始腫脹，幾天之後異常巨大，最有可能是什麼緣故？」

「陰囊橡皮症，由蚊子傳播的寄生蠕蟲阻斷淋巴系統，導致體液淤積所造成。」

「如果睪丸出現硬化現象呢？」

「呃……童子功？」

「錯！是睪丸癌！睪！丸！癌！」曉玫生氣地大叫，「把那本《搶救蛋蛋大作戰》重看一遍！」

「好了吧？我已經看了很多書了，我當初考指考都沒這麼認真啊！」

我煩躁地抱著頭，又一次發起了牢騷，「更重要的是，我已經不想再看到更多蛋蛋了啊！這幾天做夢都會夢到蛋蛋在我面前晃！再看下去我整個人都不好了啊！我要去黎布拉！我要救萱萱！」

「您若真想救出聖女，更應該把這些資料看完！」曉玟固執地擋在門口，懷裡抱著一本半個人高的《圖解閹割法》。

從那天決定要和新人類一起討伐黎布拉後，我就一直想去找阿翔，卻受到曉玟的百般阻撓。

她就像個嚴厲的保健老師，強迫我記憶古今中外的各種蛋蛋。千奇百怪的蛋訓課程包含了十秒內辨認出敵方蛋蛋的特性、在戰鬥過程中保護自己蛋蛋的方法、還有許多我過去聽都沒聽過的勢力發展史。

這些都是新人類全體成員倒背如流的「常識」。

如果視研究卵蛋為畢生志願的阿翔在這裡，一定會欣喜若狂地跪下來舔曉玟的腳趾頭，但我只是個普通的男人。

一個身心健全的男人，連續看一個禮拜的蛋蛋，真的是極限了。

我踹開腳邊跟石塊一樣厚重的《世界怪蛋物語》，忿忿地道：「實戰技巧我也就認了，這些歷史啊、組織什麼的，根本記不起來，能不能就算了啊？」

曉玫固執地搖搖頭，「跟其他組織比起來，我們都太弱，正因為如此，情報成為我們唯一的武器，資訊的竊取、分析、運用、誤導，每個小地方都有可能在未來成為左右戰局的關鍵！」

「屁啦！就算我吃了記憶吐司把這些書全部背起來，也不可能打贏那些蛋蛋的吧？」

「您不要小瞧了知識的力量！之前不是說過了嗎？那本《貪杯客》裡面記載的前任國際盜懶覺集團團長包莖天，就是靠著研究各方古籍，加之不懈的努力，才練就超凡入聖的防禦力喔。」

「那個包莖天現在怎麼樣了？」

「在南方的一場大戰中落敗，生死不明。」

「所以我就說沒有用嘛！講真的啦，你們找管道弄幾把衝鋒槍，我們唏哩呼嚕衝進黎布拉把萱萱救出來就好啊。」

「憑現代軍火是鬥不過黎布拉的喔。文獻記載，二戰期間蘇聯入侵芬蘭，黎布拉派出『最硬』跟『最燙』支援，僅僅一個月內就在森林中殲滅了四十五萬大軍……你有沒有在聽啊？」曉玫氣憤地跺著腳。

「是，我在聽，要吃午餐了嗎？」我擦擦嘴角的口水。

「你……！」曉玫頓時氣結，接著語氣一轉，委屈地說道：「是不是曉玫的教法不夠有趣？如果是這樣的話，我拜託阿文哥來介紹好了。說起來，曉玫擅長的就只有這些古板的書籍知識，阿文哥對跟蹤及藏匿技巧比較拿手，而易容偽裝則是阿良哥的看門本領喔。」

我腦袋裡浮現阿文指著自己蛋蛋親切向我解說的畫面，不禁寒毛直豎。

「阿文上次拉著我的手要我摸摸看他的，這樣算性騷擾吧？」我皺眉。

雖然已經認識一陣子了，想起那骯髒的臉龐，還有畸形的蛋蛋，我還是打從生理感到不舒服。

「那阿良哥呢？」

「他之前說要幫我練提睪反射，一有機會就拿橡皮筋射我的蛋蛋，」我鐵青著臉。

現在我晚上都用氣泡紙小心包好蛋蛋，然後在外面穿上兩層內褲，最後還要在內褲跟氣泡紙間的縫隙塞滿碎報紙才敢睡覺，就是怕夢中遇襲。

害得我每次半夜起床上廁所，脫褲子的時候都有種拆俄羅斯套娃的煩躁感。

曉玫的眼裡閃過狡黠的笑意，假裝不經意地說道：「我聽說附近的超市有批橡皮筋好便宜的，彈性特別強。」

「別！我看！我看還不行嗎？」我哀號，「不過我暫時不要看有圖片的，這些天看了這麼多奇形怪狀的蛋蛋，我都快忘記自己的蛋蛋長什麼樣子了。」

曉玫眼睛一轉，從地上的書堆中挑出一本老舊的書，說道：「那你先看這本，這可是我們最近才尋獲的的珍貴古籍喔。」

我無奈地接過書。

「午餐前要看完，沒有通過我的考試不准吃飯。」

「好——」我有氣無力地說道。

「你保證？」曉玫追問。

「我發誓。」我手抓著胯下。據說在羅馬時期，人們在法庭上作證時會把手放在蛋蛋上，向睪丸立下不說謊的誓約。

曉玫看到我的動作，甜甜一笑，蹦蹦跳跳走出了房間。

我嘆了口氣，低頭檢視起手裡的書。

這是一本古老的手寫筆記，書體觸感柔軟，比起紙張更像獸皮，上頭的文字是用古英文記載。

書的封面上用墨水寫著幾行註解，說明這是翻抄本，由於原典已經老舊毀損，抄寫者僅能從中節錄部分仍可辨認的訊息。

書本上貼著一張標籤，上頭有著曉玟娟秀的筆跡——《伊斯特的日記》。

我靜下心，開始翻看這本書。

由於我對於這其中的曆法紀年不甚瞭解，加上書中偶有書頁缺失、墨水汙漬等干擾，以下僅記錄我能理解的部分。

1.

花園裡的薔薇開得真好，如果還能走路，我好想過去聞聞它們。

父親注意到我一直在看花，讓瑪莉摘了一朵放在窗臺的花瓶裡。

花很香，然而離開土壤的花朵注定無法久活。

即將枯萎的花朵，越是綻放就越是美得令人憂傷。

所以母親看到勉強打起精神、努力裝扮自己的我，才會掩面哭泣吧？

今天下午醫生來過了，我的病情還是穩定地惡化著。

他總是囑咐我多吃點東西，我覺得自己已經很努力在吃東西了，身體仍日漸瘦弱。

也許是缺乏運動吧？

2.

附近的領主來訪，帶來了一隻鳥兒。

父親說牠歌唱得好，讓牠在房裡陪我。

吱吱喳喳、吱吱喳喳。

鳥兒本來應該是在天空飛的，現在卻只能在籠子裡唱歌。

或許人們聽起來悅耳的歌曲，其實是鳥兒臨終前的哀號也不一定？

3.

來自遠方的年輕騎士向我提起求婚，他的名字叫做傑瑞。

傑瑞是名驍勇的戰士，在抵禦日耳曼人入侵的戰場上取得卓越的功績。

父親的心情很好，直說鄰近的人們都知道他有個漂亮的女兒。

然而傑瑞聽聞我的狀況後，只待了一個晚上就返回了自己的莊園。

我並不怪他，他希望能有子嗣，這點我無能為力。

希望傑瑞在戰場上平安。

4.

我的體力越來越差勁，今天有大半的時間都在昏睡，連午餐都沒有醒來。醫生說我的身體需要營養，於是我試著在晚餐時間多吃點東西，不過我的牙齒已經連咀嚼麵包都覺得吃力。

好累，晚安。

5.

母親讓裁縫替我做了件新的衣服，重新丈量的時候發現我又更瘦了些。這也是沒辦法的事，至少今天還有好消息。

牧場剛製作完畢的乳酪十分美味，讓我晚餐多吃了點。

不知道為什麼，我換上新衣服的時候，希望傑瑞也能在一旁看見。

6.

今天醫生又來了，父親給了他豐厚的酬勞，終於將他留在家裡專門替我治病。

若非生在富裕的人家，我一定活不了這麼久。

據說傑瑞在戰場上墜馬，讓馬踏斷了腿，希望上帝保佑他平安無事。

7.

醫生說我的病例十分罕見，他在東方看過類似的孩子，不過他們都到學會走路的年紀就喪命了。

據他所說，我的蛋蛋天生和常人不同，很容易就會相互碰撞並危及性命。

他對我的病癥束手無策，只能盡量避免移動我的身體。

8.

醫生有了新的發現，他認為蛋蛋奪走了我身體的養分，使我身體虛弱。

也許把它切除能夠治癒我的病，不過手術有很大的風險。

父親知道消息後一直悶悶不樂的，畢竟切除蛋蛋後再也不會有人向我求婚了。

不過我倒是一點也不在意，我只覺得終於看見了一點希望。

今天晚上一定能睡好的吧。

9.

國王來了信，希望父親率領騎士出征，協助抵禦日耳曼人的入侵。

戰況並不樂觀，王國的領地正一點一點被占領。

父親要醫生好好照顧我，前往戰場了。
上帝保佑。

10.

好一陣子沒寫日記了。
最近整天都在昏睡，也許我即將死去。
醫生說動手術是唯一能拯救我的方法。
但是我聽到這些只有無盡的疲倦。
就這樣一直睡下去似乎也不錯。
至少在夢裡，我能在花園中奔跑。

11.

我做了個很長的夢，卻記不起夢的內容，依稀有個聲音在夢中對我呢喃低語。
我這次又睡了多久？
下次閉上眼睛，又將沉眠至何時？
每天清醒、進食、昏睡，這樣無止境的循環要持續到什麼時候？

已經連思考都覺得睏倦，一個人到了這種地步，還能算是活著嗎？

「先知！你又偷懶！」

睡眼惺忪地抬起頭，曉玟正氣鼓鼓地站在房間門口。

我用手背擦去嘴角的口水，發現手裡的書本只看了一半。

竟然不知不覺看到睡著，也許是尤努柯斯的催眠曲使然，抑或是大量的蛋知識讓我精神耗弱，總覺得這幾天我的體力差了許多。

「今天你有客人，先不跟你計較，回頭再跟你算帳。」曉玟沉著臉。

我的客人？

我迷迷糊糊地跟著曉玟走到餐廳，看見兩個人已經坐在餐桌前。

曉玟堆起笑臉，說道：「久等了，這是我們領袖，有什麼事大家可以開始談了。」

「你可真能躲。」其中一個紅髮男子抬起頭，對我露出危險的笑容。

來者竟是銘塵與安彤！

我瞬間清醒，緊張兮兮地躲到曉玟身後，「你們兩個來幹什麼？」

「來收帳。」銘塵冷漠地說道：「根據交易內容，你必須支付自己的懶葩。」

幹！我差點忘了阿翔那個渾帳賣了我的蛋蛋！

「你白痴嗎？幹嘛賣掉自己的蛋蛋？」曉玫難以置信地看著我。

「我沒有！」我委屈地說道。

「你們領袖已經跟我們簽約了。」安彤拿出一張契約，上面煞有介事地印著我蛋蛋的照片。

「我操！為什麼你們會有我蛋蛋的照片？」我大驚失色。

「一看就知道是網路上抓的。」曉玫沒好氣地白了我一眼。

「那為什麼網路上會有我蛋蛋的照片啦！」我又羞又怒。

「廢話少說，你朋友可是在上面簽了名的。」銘塵從安彤手上接過合約，扔到桌上。

「可、可是你們最後也沒有救出萱萱啊。」我拿起合約仔細看，滿頭大汗地狡辯。

「達成委託的條件是將目標帶出黎布拉，這部份我們已經確實完成，後續菲尼克斯出現的部分與交易內容無關。」安彤指著合約，像保險業者一樣耐心地解釋。

他說的好像有道理，我的蛋蛋不禁流下冷汗。

銘塵拍了一下桌子，「交出你的懶葩！」

「合約上寫的是懶覺，懶葩是指懶覺加上蛋蛋，所、所以你們不可以拿走我的蛋蛋！」我慌到開始討價還價。

「懶覺也不要給他！」曉玫氣得渾身發抖。

「聒噪的娘們。」銘塵皺眉。

「蛤?!」曉玫雙手插在腰間，潑辣地說道：「在別人家裡大呼小叫的，你們兩個懂不懂什麼叫禮貌?!當初談交易的時候有經過先知同意嗎？」

「對、對嘛！」我在她身後小小聲地抗議。

「你閉嘴！我等一下再跟你算帳！」曉玫瞪了我一眼，我馬上閉嘴。

銘塵的手指輕扣桌面，語氣森然，「小姑娘，你們是想和國際盜懶覺集團為敵嗎？」

「為敵就為敵啊！就算不為敵，你們這些眼裡只看得到錢的蟑螂什麼時候給我們好臉色看過？我警告你啊，你拐走了淨身師族內的小孩，不要以為全世界沒人知道，信不信我一通電話打過去告訴他們安彤的下落，到時候淨身師派人出來，你看你那個狗屁集團會不會替你出頭？」

被伶牙俐齒的曉玫一陣搶白，銘塵臉色難看了起來，我差點沒拍手叫好。

「銘塵……我看算了啦……」安彤悄悄拉著銘塵的袖子。

沒想到曉玟話鋒一轉，突然開始對安彤說教。

「什麼時候輪到你說話了？我還沒開始說你呢，你有沒有自己的主見啊？沒事幹嘛跟著人家亂跑？偷了《青囊書》離家出走好帥好叛逆嗎？你知不知道一個弄不好淨身師跟黎布拉開戰會死多少人啊？」

安彤明顯被曉玟凶巴巴的模樣嚇壞了，低下頭不敢再說話。

銘塵陰沉地說道：「不收他的蛋蛋也行，你們要付出相對應的價錢。」

我彆扭地站在一旁，沒想到俏皮可愛的曉玟也有這麼凶悍的一面。

我忍不住問：「多少錢？」

「幹嘛問?!」曉玟凶狠地瞪了我一眼，「我們一毛錢都不會付！」

我在心底偷偷惋惜，坦白說我對於自己蛋蛋的價格還是滿好奇的。

有道是養精千日用在一時，如果賣了蛋蛋能夠讓我一輩子不愁吃穿，我……

我也可以考慮用出租的嘛！

銘塵哼了一聲，冷酷地說道：「安彤，備戰。」

安彤緊張兮兮地站起身，銘塵掏出一柄短刀開始把玩。

「蕭銘塵！你莫要以為新人類好欺負！」阿良走進大廳，語氣嚴厲。

「怎麼？一群畸形蛋蛋的猴子，我還怕了你們不成？」銘塵輕輕舔舐刀面，「雖說你們的懶覺廉價，大概也能賣得幾枚銅板。」

「你擅闖新人類陣營，還對我們的領袖持刀相向，你知道這背後的意義麼？」阿文從大廳另一邊走了出來，臉上掛著挑釁的笑。

曉玫向後擺了擺手，示意大家冷靜。

我突然覺得奇怪。

國際盜懶覺集團結構鬆散，成員只為了各自的利益奔走，因此從未發生過整個集團與其他勢力衝突的情況。

這已經不是金錢的問題，如果銘塵在這裡動手，等同於兩個人對整個勢力宣戰。

這種事情，身為團員的銘塵沒理由不明白，除非……

「你也不是國際盜懶覺集團的成員？」我脫口而出。

銘塵短刀輕顫，很快恢復穩定。

曉玫轉頭對我露出讚賞的笑容，優雅地伸出手指，輕聲數著。

「冒用國際盜懶覺集團的稱號、盜取淨身師一族至寶、擅闖黎布拉並奪取最軔卵蛋，現在又想和新人類開戰……你還真是不甘寂寞呢。」

她毫不畏懼地走到銘塵面前，意味深長地說道：「我們很像，不是嗎？」

銘塵的臉色一陣青一陣白，似乎正思考著什麼。

「銘塵啊銘塵，你莫要以為先知的蛋蛋就只是值錢而已，那其中蘊含的意義只怕你作夢也想不到。」曉玟意味深長地說道。

她俯身，在安彤耳邊輕聲說道：「告訴你一個連黎布拉都不知道的獨家消息，你哥哥來找你們了。」

霎時間，銘塵身體劇震。

安彤的臉上露出驚駭的神情，結結巴巴地道：「你、你們怎麼知道……」

我好奇心大盛，就連面對財哥的時候他們都沒有怕成這樣。

「妳以為我會因為妳隨便一句話就落荒而逃？」銘塵外強中乾地冷笑，連我都可以看出他心中的動搖。

「新人類什麼時候賣過假消息？」曉玟莞爾。

銘塵沉默了一會，說道：「他什麼時候出發的？」

「你這是請教別人的態度嗎？」曉玟唇角勾起狹笑，在餐桌前坐了下來，「來者是客，先吃頓飯吧。」

銘塵悶哼了聲，沒有表示反對。

我簡直目瞪口呆。

沒想到這個纖弱的女孩，竟然不靠武力、僅憑一張嘴就把銘塵治得服服貼貼。

「厲害吧？」阿文笑嘻嘻地道：「曉玫可是我們談判交涉的王牌喔。」

阿良罕見地對我板起臉孔，「先知，情報的力量是很強大的，我們希望你能夠更謹慎面對這一切。」

我慚愧地點點頭。

隱隱約約，我意識到一個嚴重的問題。

剛剛如果真的動起手，我們有勝算嗎？

只透過局勢分析、情報交涉行動的新人類，在各大勢力的矛盾對立中苟且偷生，其實不過是維持著表面上的危險平衡。

講白了，就是虛張聲勢。

如同踩在高空鋼索上，走錯一步就是萬丈深淵。

因此一步都不能出錯。

必須盡可能掌握所有情報，才能最大限度地降低風險，所以曉玫才會發瘋了似地逼我看書。

「阿良。」

「是。」

「現在的我學這些還太早，我想回房間看點資料，能不能麻煩你晚點替我把午餐送過去？」

阿良一愣，隨即露出開心的笑容，躬身道：「明白了。」

阿翔的天賦也好，新人類的庇護也好，一直以來，我都仰賴著別人的力量，將自己的命運交之別人手上。

如果真的想改變什麼，也許我也該稍微努力一下了。

CHAPTER 7

一懶無遺

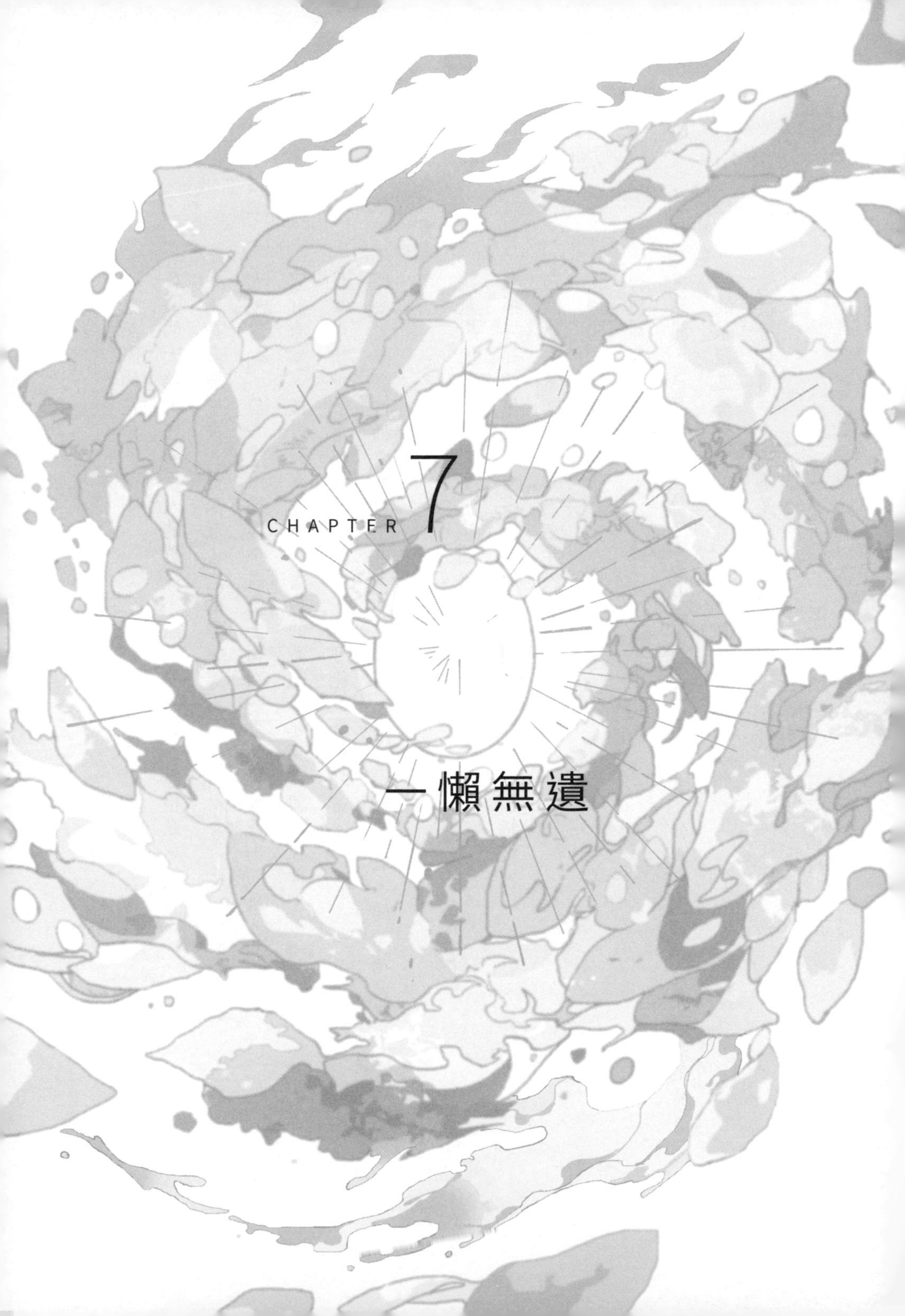

一望無際的荒蕪。

乾裂的大地上爬滿巨大的裂縫，無數刀刃與屍體橫臥。

我置身戰場中央，被無數古老的厚重書本包圍。

大地震動，前方滾滾煙塵，成千上萬顆蛋蛋鼓譟著暴衝而來。

空氣凍結，後方戰意蒸騰，肅殺的戰士舉起兵刃朝前狂奔。

我集中精神，想把握最後機會，盡可能多看一點書。

那些文字卻彷彿突然有了自己的生命，拒絕被理解一般，開始扭曲變形、逸出書頁。

我焦慮地捕捉著文字，試圖將它們拼湊回書本。

我抓得那樣用力，文字在掌中碎融成墨，黏滑溢出指縫。

它們發出尖銳的笑聲，嘲弄我的無力。

沒時間了、沒時間了……

一切都來不及了……

突然間，我身旁一具趴在地面上的屍體抽搐了一下，朝我轉過頭，竟是阿翔的臉。

他的眼裡透著沉重的指責，彷彿控訴著我的怠惰。

屍體對我開口，卻不是阿翔的聲音。

「你需要力量。」

對。

「但你沒有。」

所以我必須看書，必須報之數以倍計的努力、數以倍計的焦慮，將所有知識記憶……

「你再這樣會瘋的。」

不瘋魔，不成活。

如果發瘋能夠獲得力量，我便發瘋。

「發瘋遠比清醒容易得多，你只是在逃避。」

那我該怎麼做？我什麼都不會、什麼都沒有……

「你不是還有我嗎？」

你到底是誰？

「還不清楚，不過我總有一日會明白，到時你也將明白。」

我很害怕。

「別怕，我一直都在這裡……都在這裡……」

我張開眼睛，在深夜清醒。

書桌上燭火燃盡，皎潔的月光寧靜地照入房內。

現在是什麼時候了？曉玫已經睡了嗎？

「又做夢了……」我站起身，伸展了一下僵硬的四肢。

那是多麼鮮明熾熱的夢境，即使醒來後仍如同親身經歷般在我的記憶裡延燒。

想起屍身上阿翔的臉，我不禁感到口乾舌燥，於是昏昏沉沉地下樓，摸黑走進大廳想倒杯水喝。

叩叩叩。

有人敲響了城堡的門。

這個時間怎麼會有客人？

叩叩叩。

來者又敲敲門。

我迷迷糊糊走向大門，將其打開。

「晚安，冒然來訪，深表歉意。」

門外，一個身形挺拔的男子微微欠身。

他的肩膀很寬，腰圍卻相當纖細，臉龐清秀英俊，輪廓與安彤有幾分相似。

他手中輕握著一柄紙扇，身上穿著漆黑的傳統中式長袍，月光流轉在絲質的布料上，暗金色的紋路隱約閃爍，依稀是條張牙舞爪的飛龍。

在中國數千年的帝制歷史中，除了九五之尊的皇帝，只有一個身分能穿著這種衣服。

黑衫龍紋，白扇奪魂。

我的腦袋裡閃過一個不詳的名諱。

千年來最年輕的煽將。

喪心病狂的天才淨身師。

如果書中關於那個男人的記載屬實，恐怕迄今為止阿翔所做的一切根本就微不足道。

夜風吹入門內，帶來一陣刺鼻的血腥味。

我的視線繞過男子，看向他身後。

銀白色的雪地上，十幾個人歪七扭八倒在血泊中。

寒意爬上背脊，我渾身動彈不得。

這個男人竟無聲無息闖入了我們陣營的核心地帶，然後還彬彬有禮地敲門？

「我的名字叫做煽，請問新人類的領袖在嗎？」男子溫和地笑著，笑容中帶著一股邪氣。

「你來這裡做什麼……」我的大腦一片空白。

「我們掉了件東西，想請你們歸還。」

「什麼東西。」我問。

「青囊書。」

他的語氣是說不出的從容，我的冷汗早已浸溼全身。

經過曉玫這陣子的惡補，我對於個各大組織也有了初步的理解。

看了這麼些書，我當然明白，青囊書之於淨身師一族，就好比蛋蛋之於一個人那樣重要。

但絕沒有人會這麼心平氣和地跟你要回他的蛋蛋。

不要緊張，靜下心來好好溝通的話，說不定……

我手腳冰冷，幾乎無法思考。

「這麼晚了，是誰啊？」

曉玫慵懶的聲音在身後響起。

我詫異轉頭回望，曉玫穿著桃紅色的睡衣，赤著粉嫩的足踝，緩緩迎向門口，挑染成粉紅色的髮尾披散在耳際，遠遠望去有種輕佻的美。

她的呼吸平順，腳步婀娜，柔軟的腰肢用奇異的節奏擺動，彷彿跳著一支妖豔的舞。

她胸前鈕釦微敞，月光隱約間春意盎然，令人心神蕩漾。

男子完全不受影響，微笑著問：「青囊書在哪裡？」

曉玫輕掩朱唇，明亮的眼眸瞇成月牙彎，蔥白食指比向男子背後，脆聲道：「不是在那裡麼？」

「多謝姑娘。」煽聞言回頭。

只見滿地屍體中，數個身影從血泊中倏地暴起，袖中彈出銳利的光芒，射向煽。

阿良渾身浴血地暴吼：「先知！快逃！」

曉玫拉著我的手轉身就跑。

我跟著曉玫咚咚跑向後門的方向，耳邊傳來阿良的慘叫聲。

曉玫在奔跑間低頭說道：「第一班全體成員注意！馬上將行蹤暴露給黎布拉！」

我這才注意到，她的衣領上夾著極小的無線麥克風。

轟隆。

爆炸聲響起。

透過長廊上的窗戶，我看見遠方黎布拉的城堡一角正冒著濃煙。

幾秒後，一股比爆炸更灼熱的氣息迅速甦醒。

是財哥！

這裡是黎布拉的地盤，曉玫想利用財哥的力量牽制那個男人！

曉玫繼續飛快下達指令。

「第四、第五班隊員，全力保護青囊書往黎布拉前進。」

「第八班隊員負責誤導逃逸方向。」

「第六班回收古籍，第七班銷毀重要情報。」

「第三班，聯絡一下機場的小組，兩小時後準備起飛。」

突然間，曉玫停下腳步。

前方走廊的盡頭，阿文正等在後門門口，他對曉玫點點頭。

曉玫深深看了我一眼，放開我的手，一字一句對麥克風說道：「其餘成員，全體留下拖住煽將。」

語畢，她關掉麥克風。

「曉玫？」我還想說什麼，她卻摀住了我的嘴，眼神前所未有的認真。

「先知，你是我們的希望，活下去。」

她的語氣很輕，我的胸口卻彷彿被重重搥了一拳。

「等等……那個人是……」我還想說話，阿文卻把我背在身上，用強健的腿力開始奔跑。

我的腦袋一片混亂。

這個世界並不如我想的那樣仁慈，事情不會等我準備好了才發生。

現實不是小說，不會給我幡然悔悟、奮發圖強的時間。

有些時候，該來的就是來了。

「阿文？」身後不斷傳來新人類成員的慘叫聲，我感覺到自己的聲音在發抖。

「……」阿文沒有回答，只是默默奔跑，蛋蛋拖在身後左右掃動，將雪地上的足跡撫平。

「曉玫之後會跟我們會合嗎？」

「……」

「我們要去哪裡？」

「……」

「你為什麼不說話？你在生我的氣嗎？」

「……」

「我是個失敗的領袖對不對？」我的聲音帶著哭腔。

「……」

「阿文，停下來！」

「……」

「我命令你停下來啊！我是領袖！你為什麼不聽我的話！」我哭喊。

咚。

阿文把我摔在地上。

「先知，我們正在革命。」

他雙拳緊握，由上而下看著我，憤怒跟失望在臉上糾結。

「革命本來就會死人，這點我知道、曉玫知道、你也應該知道。但我們沒有時間為此駐足。新人類一路走來，或直接或間接，沒有少殺過人，我們並不是正義的一方。」

我們不是正義的一方。

這句話阿翔也對我說過。

這個血腥殘暴的世界裡，沒有誰是正義的一方。

「我們太過弱小，為了活下去必須竭盡全力、不擇任何手段，如果沒有這種覺悟，你果然還是……還是……」

阿文突然背過身，用力打了自己一巴掌。

「對不起，剛剛是我僭越了。」他的臉頰高高腫起，臉色黯淡地道。

我還想問些什麼，話到嘴邊卻再也出不了口。

身為領袖，我不但從未引導過新人類，還總是想從別人口中得到答案。

就像個任性的孩子，不斷對著周圍的人撒嬌。

很多事情其實我已經隱隱感覺到了，只是一直在逃避。

我該做什麼，會有怎麼樣的風險，打從一開始就很明顯。

此刻我的心中只剩下一個問題。

我只需要再一個答案。

「阿文，你們為什麼認我當先知？」

阿文身體一顫，沒有回答。

「新人類組織龐大，系統嚴密，絕無可能是受我啟發之後才成立的，你們到底在隱瞞什麼？」

阿文神色複雜地看了我一眼，顫巍巍說道：「先知，你真的有好好看過自己的蛋蛋嗎？」

我一愣，問道：「我的蛋蛋怎麼了嗎？」

阿文背著身沒有回答。

我脫下褲子，執拗地抓住阿文的肩膀，強迫他面對我，「你說我的蛋蛋怎麼了？」

「……」

「阿文！告訴我！」我氣急敗壞地說道：「你們說我是先知，卻什麼都不跟我說，又要我什麼都知道。」

阿文猶豫了好半晌才開口：「您的蛋蛋中間，有條突起的縫對吧？」

我皺起眉頭，這是什麼問題？

上過高中生物課的人都知道，人類男性在胚胎發育的過程中，會先形成外陰一樣的性器，最後癒合變成陰莖跟陰囊，癒合過程中留下一條從陰莖延伸至肛門的凸起痕跡，叫做陰囊縫。

阿文緩緩拉出自己的畸形蛋蛋，向上翻開。

我瞪大眼睛，他的蛋蛋下面平穩光滑，竟沒有陰囊縫的存在。

「先知，那條線是手術過後的痕跡，您原本的蛋蛋，從您很小的時候就被換掉了。」他的語氣哀傷。

突如其來的消息讓我錯愕不已。

我的蛋蛋被換掉了？

二十幾年來，我身體最私密的一部分，和我甘苦與共、歷盡人間風霜的，竟不是我的蛋蛋？

那麼我的蛋蛋去哪裡了？

我胯下掛的又是誰的蛋蛋？

我越想越不明白，還待再問，阿文卻對我搖搖頭。

「沒時間了。」他抬頭望向前方的一棵樹。

「呦，終於到啦？」

樹上一個身影慵懶地躍下。

他的腳步緩慢而充滿彈性，像隻優雅的貓，又似頭桀驁的豹。

煽。

這個恐怖的男人，竟已先一步等在這裡。

我顫聲問道：「曉玫呢？阿良呢？」

「如果被那種貨色攔住，我還能當煽將嗎？」煽啞然失笑。

他輕輕搖著沒有打開的紙扇，身上絲毫沒有戰鬥過的痕跡，彷彿只是個路過的風雅書生。

阿文向前踏了一步，將我護在身後，「你不先去追青囊書，就不怕讓黎布拉奪走嗎？」

「不急，跑不了的。」煽聳聳肩，「更何況，你們故意逃往相反的方向，代表這裡有更有價值的東西。」

「到底是什麼呢？」他瞇起眼睛，好奇地看著我。

我的心臟怦怦跳動著。

「莫非青囊書其實在你身上？或是你握有新人類的重大情報？難道說……你是個極具潛力的戰鬥天才？」煽歪著頭，露出興奮的笑容，「請你告訴我好嗎？

「我真的，很好奇呢。」

阿文的眼睛緊盯著煽，在身後猛打手勢要我找機會逃走。

「算了，總之從你的蛋蛋開始看吧？」煽自言自語地說道，啪的一聲把紙扇敲在手上。

「快跑！」阿文焦急地大吼。

我卻愣愣地站在原地，抬頭看著天空。

夜幕中，一道赤色的流星璀璨掠過天際。

流星向下急墜，挾帶灼熱的氣息朝我們撲來，一時間照得這片雪地亮若白晝。

「喔？」煽揚起眉毛。

轟。

亂石崩散。

暴烈的身影隕石一樣降落在煽身後。

花襯衫，海灘褲，還有那副全天下最屌的蛋蛋。

「喂喂喂，要是每個人都把這裡當成自己家，大叔我的面子要往哪擺啊？」

財哥嘴裡叼著菸，一臉無奈。

「真是粗野，這就是黎布拉的待客之道麼？」煽嘴角笑容凝結。

「淨身師？現在是大半夜啊。」財哥打了個又臭又長的呵欠，睏倦地說道：

「我沒有聽說你們來訪的消息，這已經違反了協議吧？」

煽聳肩道：「你可能也沒有聽說，淨身師換家主後，已經廢除了所有協議。」

財哥問道：「淨身師什麼時候換的家主？」

煽漫不經心地答：「也許是上個禮拜？」

「不好笑。」財哥蛋蛋一甩，胯下噴出一道粗大的火柱，朝煽燒了過去。

煽一揮紙扇，輕鬆愜意地捲開火焰。

「煽將？」財哥一愣，隨即收起散漫的態度，眼神中透出濃厚的警告氣味，彷彿一頭嗅到敵人的野獸。

「黎布拉周遭百里內都是我負責的範圍，這裡不是你該來的地方。」

「這天底下還沒我不該去的地方。」煽淡淡地道：「即使是你看守的地方也一樣，朱雀。」

「知道我的身分還敢這樣作為，我欣賞你的膽量。」財哥咧開嘴：「年輕的淨身師，你叫什麼名字？」

「承蒙前輩垂青，我叫煽。」煽有禮貌地微笑：「我是來找回青囊書的。」

「你就是煽？」財哥面色一變，隨即嘿嘿笑道：「聽說你最近鋒頭很勁啊。」

他的下體火焰越發旺盛，蛋蛋發出刺眼的光，熾熱得就像兩顆小太陽。

「不管你說的是不是真的，我的名字是……」

「不好意思，我沒興趣。」

煽的身影鬼魅般出現在財哥面前，修長的手指包覆住火球一樣的蛋蛋，用力一轉。

「扭蛋。」

財哥的蛋蛋瞬間轉了三百六十度，他卻連眼睛都沒眨一下。

滋滋滋……

煽的手掌被高溫燙出焦煙。

「跟你的興趣無關，打架前自我介紹是對讀者的禮貌，臭小子。」

財哥低頭瞪著煽，頭髮怒豎。

「給我記清楚了，我是——懶、葩、火！」

財哥憑著一股不可思議的蠻力，硬是讓蛋蛋轉回原位，連同帶動煽的整個身體在空中迴旋。

煽鬆手，半空中看著自己白皙的掌心浮起水泡，笑道：「我還真是低估你了，前輩。」

他甫落地，再度伸出手握住財哥蛋蛋，用力往上扯。

財哥雙腳離地，整個人從蛋蛋被拉起，在半空中劃出一道弧線。

「以卵擊石。」

煽抓著財哥的蛋蛋，過肩摔般用力往地面一貫。

轟，財哥的下半身陷入堅硬的凍土。

「差點忘了告訴前輩，我就是淨身師當代家主。」

煽溫和地笑著，他的整個右手手掌已經變成焦黑色。

「你有種。」財哥額角青筋浮現，嘴裡的香菸瞬間燒成灰燼。

空氣不安分地擾動。

周圍幾片凍結的湖面冰層碎裂，開始啵啵啵冒出水泡。

唰，湖水陡然沸騰，炸起水霧。

財哥用蛋蛋炸開地面，火箭一樣推動身體，衝破土壤。

下一瞬間，他已經掐住煽的脖子。

「淨身師死了這麼一個天才，一定很惋惜。」財哥手臂發力，五指陷入煽柔軟的脖子。

「……所以我最好還是別死。」煽呼吸困難地道。

啪，紙扇張開，擋在兩人的臉之間。

原來那不是柄紙扇。

玉質的扇面乳白晶瑩，幾個用蒼勁筆法烙下的大字龍飛鳳舞盤踞其上。一懶無遺。

財哥的瞳孔急遽收縮，鬆開手向後退了一步。

這是我第一次看見這個男人主動與對手拉開距離。

他的臉色肅殺。

「淨身師跟國際盜懶覺集團結盟了？」

「那幫低俗的盜匪？前輩莫要說笑。」煽驕傲地抬起下巴：「這是我前陣子追捕族內叛徒時順手撿回來的。」

「撿回來？」財哥冷笑，「包莖天那個老妖怪不在，你倒是樂得肆意妄為啊。」

「可惜他不在，不然我倒想要親手殺他一次看看。」煽殺意盎然地笑著。

我突然想起前陣子學到的，關於國際盜懶覺集團的資料。

集團裡龍蛇混雜，廣含各路好手，成員自然各有所長，各有所好。

他們使用的兵器也是千奇百怪層出不窮，後來甚至廣為流傳至集團以外的勢力手中。

這些為了攻擊人類生殖器官而特化的兵刃有個名字，叫做「留懶器」。留懶器種類複雜，樣態繁多，除卻弓、弩、刀、槍、劍、矛、盾、斧，甚至連飛機杯的造型都有。

在漫長的歷史中，有些過於強大的留懶器跨越無數慘烈戰役，最終超越主人的名聲留傳了下來。

比如縱橫沙場的「屠龍刀」。

比如東洋妖刀「童子切」。

比如佛門聖器「滅修乾魔」。

比如號稱天下最慢，卻又在老一輩中風靡數十年至今的穿戴型留懶器「哀衣」。

這其中當然也包括淨身師一族的至寶，「一懶無遺」。

淨身師自古隨侍帝王側，地位尊崇，也自視甚高，以掌握天下閹割之術為傲，自然不肯屈就盜懶集團粗鄙的兵器。

於是千年前，高傲的淨身師集結族內菁英，耗竭鉅額財力物力人力，透過

《青囊書》鑽研天下卵蛋，最終打造出一款「理論上完美無缺」的留懶器。

當年淨身師的家主信誓旦旦地宣稱，只要有人能完全駕馭這柄骨扇，十年之內世上將沒有任何懶覺得以倖存，故得其名。

問題就出在，這柄扇子形狀的留懶器操作方式複雜至極，對操作者的身體條件要求更是極其苛刻，萬一使用不當還有自宮的風險，至今未曾真正出現過使用者。

淨身師族內所有人都以能夠操作一懶無遺為目標努力修練，這也是為什麼每個煽將都用紙扇當兵器。

許多煽將在試著操作一懶無遺後都感嘆，要是真有人能夠駕馭這柄神兵，只怕他離天下無敵也僅有半步之遙了。

在第三個煽將操作失誤、痛失懶覺後，淨身師終於將一懶無遺束之高閣。

這柄無主神兵就像是一堵高牆，象徵著淨身師族內的最高榮耀。

然而，一懶無遺卻在幾年前讓某個號稱全天下最會打手槍的男人盜走。

那是個特立獨行、令各大勢力深惡痛絕的存在。

「卻也是我的偶像。」曉玫告訴我這個典故時，眼睛裡充滿崇拜的小星星。

「不過就是個變態吧。」我有點吃醋。

「還不僅如此喔。」曉玫搖搖手指。

然後曉玫在我面前繪聲繪影地講述了，那個身懷絕藝的男人是如何單槍匹馬穿過戒備森嚴的禁制，如何尻倒上代淨身師家主，取出一懶無遺，最後在牆上尻下「南港斬懶館」幾個大字後從容離去。

沒有人知道他的目的是什麼，但是所有人都知道他將一懶無遺放在國際盜懶覺集團的大本營。

盜懶集團組織鬆散，成員遍布世界各地，各謀其利，唯有在一年一度的斬懶大會上，這些不受任何人管轄的牛鬼蛇神才會推辭所有工作，前往指定的場所共襄盛舉。

也唯有在那個時候，國際盜懶覺集團的團長才能使用他一年一次的權限，對所有團員發起委託。

南港斬懶館作為近幾年斬懶大會的據點，算是世上最凶險的地方之一，要奪回一懶無遺絕非易事。

知道這件事的淨身師舉族憤恨，吆喝著要國際盜懶覺集團交回神兵，奈何盜懶集團本就無賴，對於這份送上門的大禮豈有奉還之理？

淨身師與國際盜懶覺集團對立千年，本來在這個世紀開始有合作的趨向，卻因此事再度撕破臉。

許多學者認為，這個事件無形間消弭了一場潛在的浩劫，將為世界帶來百年太平。

也許這才是那個神祕男人一夜之間連闖兩大極凶之地的本意。

淨身師雖然將一懶無遺視為至寶，卻也明白為了一柄無法使用的兵器與盜懶集團開戰並非明智之舉。幾年過去，他們叫囂歸叫囂，卻無實質上的動作。

只有煽不同。

這個驕傲的男人將淨身師一族的榮耀當成自己的榮耀，也將淨身師一族的寶物當成自己的寶物。

他打從心裡相信，自己就是千年來唯一能夠操作一懶無遺的怪物。

「怪不得你不著急，有此神兵，的確不亞於青囊書。」財哥說道。

「前輩，你可能搞錯了一件事。」煽仍文雅地微笑，他往前跨了一步。「大家都太過溫柔、太過容易滿足了，所以才會放任伊斯特存活至現在，這樣下去是不行的。」

一懶無遺在他手中輕搧，帶起一陣危險的涼風。

「所以就由我來吧。」

煽的笑容仍然溫雅，眼睛中卻藏著冷靜的瘋狂。

「不論一懶無遺還是青囊書，我都非拿到手不可。接著我會血洗黎布拉，再屠盡國際盜懶覺集團成員，最後誅滅天下卵蛋，這才是人類唯一的出路。」

他豎起一根手指，高指著天上的月亮，稀鬆平常地做出了血腥宣言。

我不禁毛骨悚然。

如果煽真的能操作一懶無遺，對這個世界來說鐵定是場災難。

「真麻煩。」財哥嘆了口氣，劈哩啪啦地扳動指骨，「看來就算會惹上淨身師，今天也得殺了你。」

「如果是我殺了前輩，就沒有這個困擾了。」煽也愉快地笑著。

我的大腦終於開始轉動。

這場戰鬥的勝負我根本無從插手。

唯一能確定的是，不論是誰跟這兩個怪物對峙，都沒有全身而退的可能。

所以，現在是我們唯一能逃走的時機。

我轉身朝阿文使了個眼色，果斷開始奔跑。

「嘿。」煽開玩笑般朝旁邊輕輕揮了一下紙扇。

一股無形的銳氣噴出，劃破地上的積雪，削落幾根枯枝，朝我撲來。

我一驚，本能地橫舉起手臂擋在臉前。

噗。眼前炸起血霧。

「先知，我只能帶你到這裡了，去找尤努柯斯，去找阿翔，他一定會懂，一定能幫你。」

阿文雙手成大字形張開，面對著我，背上一道巨大的裂縫幾乎將他整個人劈成兩段。

他的臉上仍掛著猥瑣的笑容。

他的背後，最之卵蛋與煽將開始用肉眼無法捕捉的速度交手。

「阿文……」我顫聲道。

「先知，快走。」阿文看著我的蛋蛋。

「那你……」

「我們不過是蛋蛋畸形的人罷了，但你不同，只有你才是進化者，只有你才是新人類，你是……咕嚕……」

鮮血噴泉般從阿文的喉嚨湧出，噴染在我身上。

他的眼神失去了光彩，屍體卻仍然屹立在我眼前。

我伸手摸了摸，那副畸形的蛋蛋正緩緩褪去溫度。

我眼眶一熱，猛地咬破自己的嘴唇。

「阿文，我會永遠記住你的蛋蛋，它是我們革命的重要基石。」

溫鹹的血液在嘴中化開，我對自己發誓，絕對要親手結束這荒謬的一切。

於是，我再度像喪家之犬般逃離戰場。

這一次，終於只剩下我一個人。

CHAPTER 8

伊斯特之祭

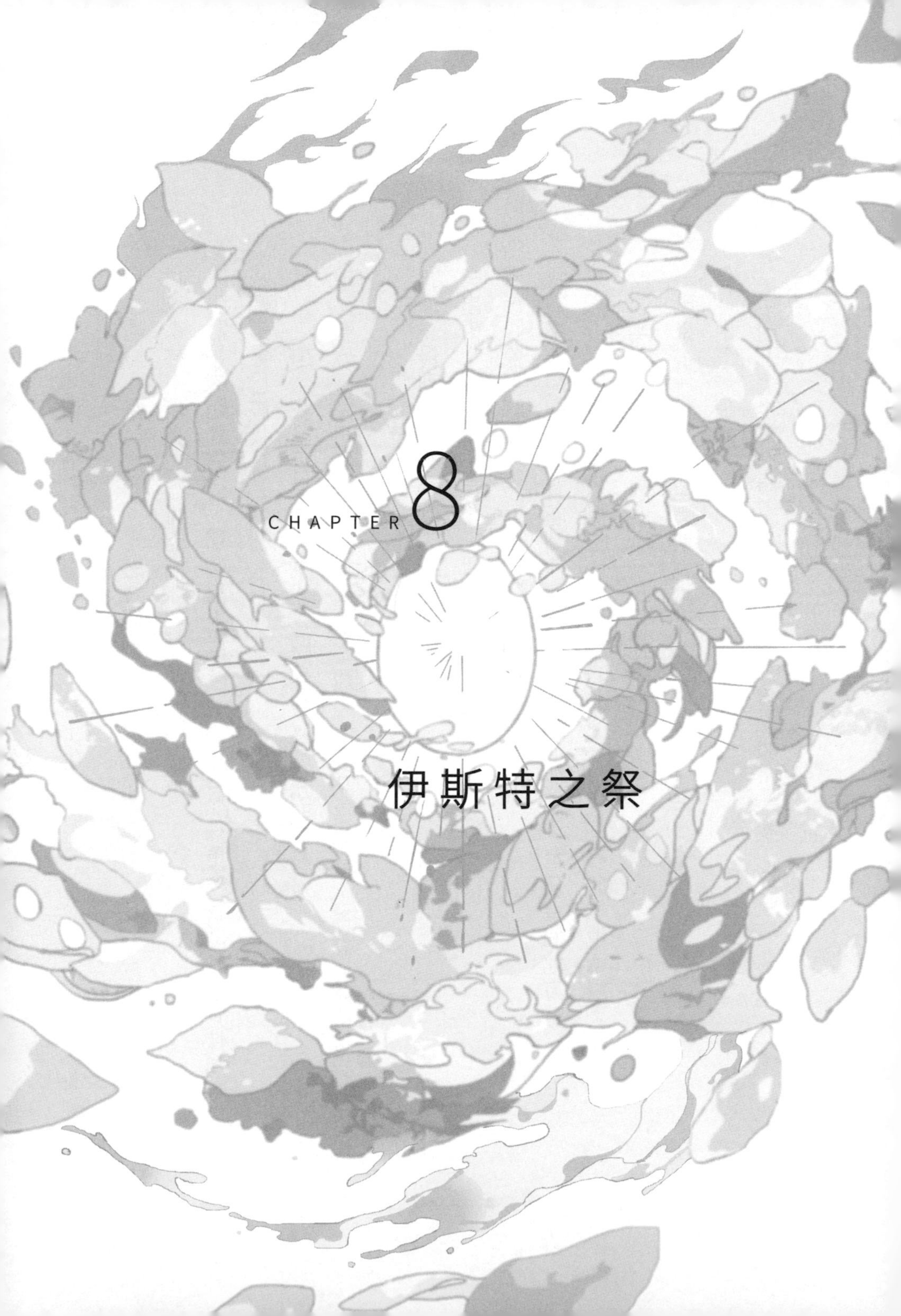

白雪皚皚，月已偏西，再過幾個小時就要天亮。

我在森林中疾奔，盡可能拉開與煽之間的距離。

比起財哥的剛猛霸道，那個男人危險而尖銳的瘋狂更令我感到毛骨悚然。

我知道自己該找誰。

冥冥之中，我憑著模糊的直覺，順著那股熟悉的氣息。

神祕寧靜，祥和安穩，比羽毛還輕盈，比雲朵更柔軟，霧靄般籠罩世間萬物。

我感覺得到、感覺得到……

「出來……快出來……」我在心底呢喃。

然後我停下腳步。

我的視線範圍內沒有看到任何人，但我知道他們一定在這個地方。

從第一次相遇開始，那股令人沉醉的淡淡憂傷就若有似無地牽引著我。

他們無時無刻不在觀看，無時無刻不在呼喚。

「出來！」我聲音乾啞地說道。

森林中毫無動靜。

「阿翔！是我！你快出來好不好？」我又叫了一次。

我的聲音在樹林間迴盪，逐漸放大、纏繞，慢慢變成細柔的低吟。

「告訴我，你們是誰？」我瞪著前方的空氣，微薄的霧氣開始模糊我的視線。

「……」一個聲音幽幽低語，幾乎微不可聞。

我打了自己一巴掌，讓自己保持清醒，再次大聲問道：「我再問一次，你們是誰？」

「我們是……柯斯……我們……」

聲音再次開口，像是沒有對準頻率的收音機般斷斷續續。

我的眼皮越來越沉重，眼看就要失去意識，趕緊抽出一把小刀。

我握緊小刀，用最後的力氣大聲吼道：「你們——是誰！」

清晰壯闊的合唱轟然響起。

「我們是尤努柯斯。」

我跪倒在地。

濃霧籠罩森林，聲音隆隆迴響。

「我們是戰敗者，我們是觀望者，我們是收容者，我們是尤努柯斯。」

「我們是殘缺者，我們是寬恕者，我們是慰藉者，我們是尤努柯斯。」

「我們是遺棄者，我們是忘卻者，我們是閹割者，我們是尤努柯斯。」

一排一排的朦朧人影包圍了我，他們臉上塗著白粉，身穿輕柔飄渺的白紗，身形幾乎與霧氣結合。

我扶住樹幹，竭力穩住即將潰散的意識，問道：「阿翔呢？阿翔在哪裡？」聲音沒有回答我，只是不斷反覆著催眠的歌聲。

「阿翔！你這個白痴！快醒過來！」我大吼。

「我們是尤努柯斯……我們是睿智者……我們是超脫者……我們是尤努柯斯……新人類的領袖……加入我們……這裡沒有苦痛……沒有爭鬥……」

「媽的，我真的會被你害死。」我慘然一笑。

我用最後的力氣搖搖晃晃站起身，雙手在身前高舉起小刀。

「阿翔！你看清楚了！」

我的眼睛已經張不開，抱著微弱地希望大叫。

「如果你再裝死，幹你娘的我就加入你們！」

小刀用力插落。

噗。

我的胯下一陣溫熱，血液蔓延開來。

刀尖沒入一隻手掌。

「高……高紈……？」

一個身影疑惑地跪在我身前，伸手擋下那刀，鮮血染紅了身上的白紗。

他的臉上塗抹著蒼白的脂粉，唇上毫無血色，眼神混濁朦朧，彷彿正做著夢。

「阿翔！」我喜出望外，一股清流從劫後餘生的蛋蛋傳了過來，意識瞬間清明。

「你來了……」阿翔的眼神越來越明亮，逐漸從漫長的催眠中復甦。

「留下來……我們是尤努柯斯……你們也是尤努柯斯……加入我們……」歌聲逐漸加大。

阿翔的眼神再次轉向茫然。

我焦急地拍打阿翔的臉龐，「不要回去！快醒來！」

「我是……阿翔……你是……高紈……」阿翔像是想說什麼，語氣卻越來越微弱，他的聲音開始跟周遭的歌聲同步，「……加入我們……我們是尤努柯斯……我們沒有憂傷……沒有苦痛……我們是……」

「幹！」我咒罵了一聲，突然間脫下褲子。

拜託了。

我在心底懇求，對著夢中出現過無數次的那個聲音。

雖然我不知道你是誰，現在的我需要力量！

嗡……

一股熟悉的耳鳴聲傳來，這次不是從阿翔的蛋蛋，而是從我的蛋蛋。

不及細想，我抓著阿翔，抬起腳向前跨了一步。

嗡嗡嗡嗡嗡嗡嗡……

身遭的景物一陣模糊，尤努柯斯的歌聲戛然而止，轉眼間我們已經在千里之外。

我腦袋一暈，昏厥了過去。

12.

春日已過，我每次睜開眼睛，都能感覺到自己的衰弱。

身體彷彿已經不屬於我，每次活動都越加困難。

我在睡眠中反覆做著同樣的夢，有個聲音一直試圖和我說話，然而我無法回應。

13.

書寫對現在的我來說太過困難，但我仍不想放棄。

一想到有可能會停止寫日記，我的內心就恐慌不已，彷彿我整個人的存在都會一併消失。

所以我會盡可能地寫，盡可能地記錄。

希望父親從戰場上回來後，能夠從這本日記中找到我存在過的痕跡。

14.

我的思緒越來越渾沌，已經無法辨別自己身處現實抑或是夢境。

甚至，我對於「我」的概念逐漸模糊。

我到底在寫什麼？

是誰在寫什麼？

是什麼在寫什麼？

這也許是我最後一次醒來了。

15.

不知道為什麼，我最近一直有衝動想要割除自己的蛋蛋。

然而我的體內有股力量在抗拒這股衝動。

一股原始的恐懼攫在心頭，使我噩夢不斷。
我已無法控制自己的身體。

16.
隱隱約約，我聽見父親戰死的消息，莊園內一片混亂。
這是真的嗎？
我醒著嗎？
醒著的人……是我嗎？

17.
醫生？
你在哪裡？
我到底怎麼了？
誰來幫我？
我好害怕……

18.

……CLtSnedWzVwGx#Yb……jdQafZelIQ……O@Kt!UB%nwYmW@JWaqbpFTM

19.

我是……s$twn*dukm……誰……!@lx#j&*cx

20.

be#q$xs……nl*m!njxxsn^o……伊斯特。

21.

我是伊斯特。

我睡眼惺忪地坐起身，摸摸懷中那本《伊斯特的日記》。

天邊透出些許亮光，我身處一片積雪初融的草地上。

我低頭檢查自己的蛋蛋，它已恢復沉寂，既無傷口，也無疼痛。

不久前，它居然使出了阿翔天賦異稟的移動技——「震蛋通迅」。

謝了。我輕輕拍了它一下。

「……」它沒有回應，彷彿只是一副平凡無奇的蛋蛋。

阿翔正失魂落魄地坐在我旁邊，臉上蒼白妝容未除。

他看見我醒了，馬上急切地抓住我的衣袖，問道：「萱萱在哪裡？」

我一愣，劫後餘生的喜悅一下子消失無蹤，取而代之的是椎心的自責。

「……我不知道。」我用盡所有力氣才吐出這句話。

阿翔臉色一沉，猛地揪住我的衣領，掄起拳頭，掌中的傷口併裂，血液溢出指縫。

我靜靜地看著他，任由全身的重量被他提在手臂上。

「……」他的拳頭在空中顫抖，始終沒有落下。

他的眼神裡也充斥著歉疚。

我們都深切地感覺到了自己的無能為力。

好半晌，他才鬆開手，不知所措地說道：「對不起，我……我什麼都沒有了……」

不知道為什麼，我突然有點想笑。

「阿翔，你沒有蛋蛋了。」我說。

阿翔疑惑地看著我。

「萱萱也已經不在你身邊了。」我又說。

阿翔歪著頭，還是猜不透我想說什麼。

「已經一無所有的你，還有什麼好害怕的？」我忍不住笑了出來。

船到橋頭自然直，當情況已經糟到了極點，除了笑還能做什麼？

阿翔的眼神一亮。

幾秒後，他抓起一把泥土，抹在自己的臉上，狠狠揉掉白色的胭脂粉。

他問道：「你還記不記得，當初我是怎麼追到萱萱的？」

「我怎麼不記得？當初你說想要追音樂系的系花，全校都笑你不自量力，我抱著看好戲的心態，幫你想亂七八糟的藉口約她出去，幫你在旅途中製造意外，聯誼的時候帶頭幫你起鬨，最後還真的莫名其妙讓你告白成功。」我說著說著，忍不住捶了他一拳，「幹，真是便宜你了。」

阿翔認真地看著我。

「像我這樣的怪胎都能追到系花，我們兩個在一起，還有什麼事辦不到？」

我一愣。

黎布拉無師自通的天才，新人類的領袖。

我跟阿翔加起來，還有什麼事是辦不到的？

「高紈，我從來就不是一無所有，我還有你。」阿翔感激地看了我一眼。

於是我們兩個席地而坐，交換分享這陣子的經歷，一同商討未來的走向。

我從新人類提供的情報，講到曉玫與銘塵的交涉，又從淨身師的夜襲，講到財哥與煽的對決，阿翔始終低著頭靜靜傾聽。

他的眉頭深鎖，彷彿正思考著什麼。

「不過我有件事始終想不透。」我問。

「什麼事？」

「他們說只有我才是新人類，這是什麼意思？」

阿翔面色一變，道：「你說清楚一點。」

「新人類裡有個人，臨死前說我才是進化者，我才是新人類，他要我來找你，說你一定能明白。」

阿翔臉上陰晴不定，沉默了好一會兒，長長地呼出一口氣。

「原來如此，這樣一切就說得通了。」

「怎麼說？」

「過去我在研究蛋蛋的時候，曾經提出一篇關於人類演化的論文假說，結果教授以為我在搗亂，差點把我當掉，我也就把那個理論當成自己的空想。」他問道：「你相信演化論嗎？」

「怎麼突然說這個？新人類不就是在演化論所篩選出的進化者嗎？」我摸不著腦地問道。

「那你覺得，近代人類的演化主要發展在哪個部位？」

「腦部。」我不假思索地回答。

過去兩百萬年間，人類腦部的比重大大增加，成為更加智慧的種族，這已是網路上無數文章科普的常識。

阿翔點點頭：「那是一派理論，但是有另一派新興學者，主張人類的近代演化主要發展在蛋蛋上。」

「三小？」我皺起眉頭。

「人體內有無數種不同的蛋白質，其中百分之七十七都集中在蛋蛋上，更有九百多種獨特蛋白質僅存在於睪丸內，而大腦所擁有的獨特蛋白質僅達三百多種。」

「真的假的？」我開始不明覺厲。

「另外，人類大腦平均每日處理的訊息量，大約是三百四十億位元組，也就是34GB。相較之下，平均每顆精子就含有37.5MB的『訊息』，用人類每次平均射精量換算，你打一次手槍，就會屄出15.8TB的資訊，你可以想像一下，人的睪丸裡記錄了多少訊息。」

15.8TB？

當初阿翔耗費畢生心血整理的雲端硬碟也才2TB左右啊！

蛋蛋……原來這麼聰明嗎？

「就宏觀來看，生物演化的目的並非讓個體存活，而是讓整個物種延續。在科技發達的現今，人類的生存已經無需仰賴肉體機能，因此演化轉向基因遺傳複製的能力，只要基因可以流傳下來，身體的其他部位都是多餘的存在。」

阿翔平靜地說出驚悚的事實。

「也就是說，在演化機制的作用下，蛋蛋才是人類的本體。」

「曉玫他們一直以來所說的新人類，其實是……」我顫聲。

「沒錯，是你的蛋蛋。」

「等、等等，讓我整理一下。」我的大腦一片混亂。

如果我的蛋蛋才是「我本身」，那麼在此地活動、思考的「我」又該何去何從。

我想到了一個極為恐怖的可能性。

阿翔接下來所說的話驗證了我的猜想。

「如果我的理論是真的，身為舊人類的我們，將是演化過程遭到淘汰的目標，就像鯨魚退化的後肢、人類腹腔萎縮的盲腸，我們只是演化歷程中的『痕跡器官』。」

「最後，發展成熟、智慧遠超人腦的蛋蛋，將會如同蝶蛾破出繭蛹、蛇蟲蛻下鱗殼一樣，拋棄無用的肉體載具，成為全新的物種，也就是新人類。」

我想起第一次見到阿文時，他對我說的話。

——這個世界，將由嶄新的蛋蛋來統治。

原來那句話背後有這樣的含意。

「這樣我就能理解了……最之卵蛋所隱含的力量……黎布拉的目標……尤努柯斯存在的理由……」阿翔抓著頭，若有所思。

突然間，他的眼神一亮。

「如果我猜得不錯，那本日記的主人伊斯特，應該就是被蛋蛋取代了自己的意識，成為了新人類。而你其實就跟伊斯特一樣，擁有進化完全的蛋蛋，怪不得新人類會死死跟著你……」

「阿翔，你是不是還有件事沒跟我說？」我將他從自言自語中喚醒。

阿翔一愣，詫異地看著我：「什麼事？」

「為什麼黎布拉要擄走萱萱？」我握緊拳頭：「總不可能只是因為她的蛋蛋很漂亮吧？」

阿翔透過厚厚的眼鏡看著我，開口說道：「你知道伊斯特之祭嗎？」

「復活節（**Easter**）？」

「黎布拉的成員瘋狂崇拜著進化的睪丸，在他們的觀念中，進化到擁有自我意志的伊斯特，就是神一般的存在。千年前神降臨在世上，卻無緣無故消失。他們都相信，神並不會真正死亡。」

「他們想要復活伊斯特？」我顫聲道。

「根據我的猜想，伊斯特的睪丸應該是因不明原因受到重創後，如同冬眠的動物一樣陷入假死狀態，想復活它至少要具備三個條件。」阿翔伸出三根手指頭，說道：「第一，要找到當年伊斯特的睪丸。第二，要擁有喚醒睪丸的儀式以及填補千年空缺的巨大的能量。第三，要治好睪丸的傷，使其恢復當年的強盛狀態。」

「這跟萱萱有什麼關係?」我問。

「萱萱擁有一樣高的蛋蛋,卻像常人一樣好端端地活了二十幾年,只有一種可能,一種幾億分之一的可能。」

「萱萱的蛋蛋其實也是最之卵蛋?」我瞠目結舌。

阿翔點點頭,說道:「在黎布拉的一切以基因為上的價值觀裡,萱萱的蛋蛋之所以能夠擁有「最美」的稱號,其實是因為它有著最旺盛的生命力。有別於其他最之卵蛋強大的戰鬥能力,萱萱的蛋蛋擁有天下無雙的治癒能力。這股力量對極有可能在千年前受到重創的伊斯特來說,是絕無僅有的良藥。」

他語氣冷靜,拳頭卻緊握,指甲深深刺入掌心。

我霎時說不出話來。

黎布拉一直都需要治癒伊斯特睪丸的方法,也許他們從未想過世上還有這樣的蛋蛋存在。就算他們知道,在茫茫人海中尋找一副蛋蛋又談何容易?就連聖蛋老人都未必能辦到。

悲劇的是,因緣際會下,不知情的阿翔親手將最愛的人送入虎口。

這對阿翔來說,是多麼痛苦的事實?

「高紈。」阿翔抬起頭。

「嗯？」

「即使是現在，我還是想要救萱萱。」阿翔站起身。

他看著我的眼睛，伸出拳頭。

「你相信我做得到嗎？」

「我相信我們做得到。」我咧開嘴，伸出我的拳頭輕輕碰了一下他的。

我所熟悉的那個阿翔終於回來了，我忍不住給了他一個狠狠的擁抱。

「有件事我從剛剛就一直很想問。」阿翔的臉色有點尷尬。

「嗯？」

「你幹嘛不穿褲子？」

「幹！這一定是職業病。」我一腳踹開阿翔，兩人忍不住相視而笑。

其實，還有件事我沒有說出來。

阿文說過，我的蛋蛋從很久以前就被掉包了。

如果這是真的，在我胯下的是誰的蛋蛋？

算了，想這麼多也沒用，船到橋頭自然直吧。

現在想想，當時的我也許只是害怕知道答案罷了。

CHAPTER 9 巨蛋

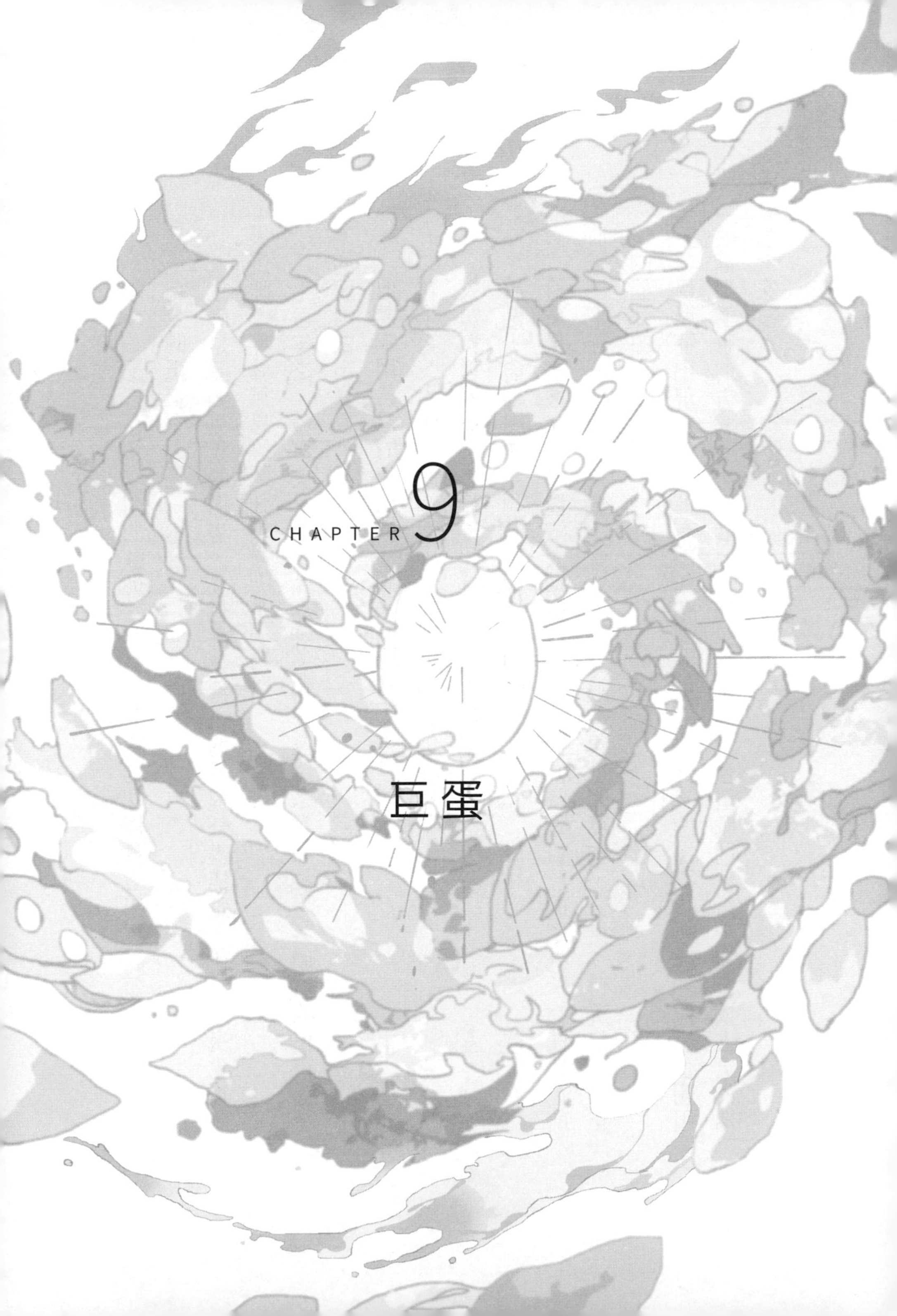

距今一千五百多年前的歐洲，名為伊斯特的女性身上出現人類史上第一個進化完全的蛋蛋。

也許是受到主人的傷害，又也許是進化的過程耗盡能量，伊斯特誕生後陷入沉睡，無聲無息躲藏在世界的某個角落。

千百年來，預言家、學者、巫師、科學家、宗教領袖等各領域的佼佼者，不約而同做出宣言。

他們都用自己的方式認知到一個恐怖的事實。

在未來，人類將面臨一場巨大的浩劫，根源於他們自身。

人類賴以繁衍的器官，同時也是種族滅絕的契機。

於是，命運驅使人類做出抉擇。

對蛋蛋懷抱深刻恐懼的人類選擇逃避，他們割除自己的睪丸，封閉自己的情感，平靜地生活在人類社會之外，冷眼旁觀世間萬物，日復一日沉醉在無止境的催眠中。

伊斯特出現之前就擁有千年閹割歷史的人類，選擇反抗命運，他們企圖用最簡單明瞭的方式除去威脅，發展出高超的對蛋蛋戰鬥技術，演變成古老的閹割世家。

認為自己能完成進化過程的人類，開始鍛鍊自己的蛋蛋，試圖激發其中的力量。他們成群結黨，在遙遠的極北之國築起高聳的城牆，尊崇強大的蛋蛋，期許自己能成為下一個伊斯特。

憧憬著進化蛋蛋的人類，選擇服膺新蛋蛋的統治，他們不斷收集情報、彙整資訊，日夜找尋伊斯特以外的進化蛋蛋，他們要對其臣服、尋求庇護，深信嶄新的蛋蛋將指引人類未來的道路。

尤努柯斯、淨身師、黎布拉、新人類，這幾個組織的歷史就這樣交錯千年。

他們都知道，在伊斯特之祭（Easter）來臨之時，進化完全的蛋蛋將回到世上，人類也將迎向未知的結局。

「阿翔，我們現在要去哪？」

「去拿武器。」

「留懶器？」

「不，是更加凶猛的傢伙。」

我們走在森林中一處偏僻的小徑，樹枝與泥巴覆蓋了手工鑿刻的石階步道，藤蔓蜿蜒攀爬在四處林立的殘敗石像上。

明明位於高緯度地區，這片森林卻茂密得令人吃驚，彷彿熱帶雨林般枝繁葉茂，鬱鬱蔥蔥。

終點是座等身大的石像，石像的五官在歲月侵蝕下模糊難辨，從上半身的輪廓依稀可以看出是名女性，她的下半身埋在土內，掩蓋在盤根錯節的樹根之下。

悉悉簌簌，一陣布料摩擦聲響起。

「有人。」我小聲地說道。

阿翔向我搖搖頭示意不要緊，全神貫注地觀察石像。

「翔哥哥，你來了。」

石像後面一個嬌小的身影羞怯怯地走了出來，身後喀喀喀拖著一個巨大的麻布袋，是個金髮藍眼的小女孩。

小女孩看上去只有七八歲左右，穿著紅色的吊帶洋裝和皮鞋，沒有拖著布袋的手緊張地攥著裙襬，藍色的大眼睛充滿欣喜。

她就像童話世界裡走出來的小紅帽，圓圓的臉頰十分可愛。

「安琪。」阿翔對女孩露出友善的微笑，「我讓妳保管的東西呢？」

「都在這裡。」女孩指了指麻布袋。

「謝謝妳。」阿翔伸出手，女孩卻拖著麻布袋向後退了一步。

「離莉亞遠一點，不然安琪要生氣了。」小女孩警戒地說道。

「沒事的，我只是來拿東西。」阿翔柔聲安撫小女孩的情緒。

「長老說，靠近莉亞的都是壞人。」小女孩噘著嘴，一副快要哭出來的模樣。

「好好好，遠一點就遠一點。」阿翔無奈地舉起手，向後退了幾步，「現在可以把東西給我了嗎？」

小女孩遲疑地點點頭，遞出麻布袋。

阿翔接過沉甸甸的麻布袋，查看裡頭的物品，我忍不住探頭過去看。

半秒後，我揪住阿翔的衣領。

「幹嘛？」阿翔一臉莫名其妙。

「你這個蘿莉控，都給幼女保管什麼東西啊?!」我大怒。

麻布袋裡的，竟是一副又一副的蛋蛋模型！

阿翔一愣，苦笑道：「你誤會我了。」

他從麻布袋裡頭掏出一副模型輕輕撫摸，矽膠製的蛋蛋柔軟而富有彈性，樣式十分逼真。

「這是我過去為了以防萬一，特別請日本人仿造我的蛋蛋製作的模型，也可以說是我的義肢。」

我渾身一震，居然還有這種操作！

「有了這個，你就能再次使用震蛋通迅嗎？」我興奮地問。

阿翔點點頭，解釋道：「震蛋通迅對蛋蛋負荷過於巨大，即使是沒有痛覺的義肢，在崩碎至無法使用的程度前，也只能支撐三十秒左右，這也是為什麼我準備了這麼多。」

我沉默了下來。

這個男人，到底在多久以前就下定了如此深刻的決心？

「翔哥哥的下面長這個樣子嗎?和安琪的不一樣呢。」小女孩紅著臉。

她輕輕拉了拉阿翔的衣角，扭捏聲地道：「拿走這個以後，你還會來看安琪嗎？」

「一定會的，因為安琪是好孩子啊。」阿翔笑笑。

「騙人。」安琪紅了眼眶，「今天晚上就是伊斯特之祭，翔哥哥一定要去救萱萱姊姊的，不會再管安琪了。」

「我救出萱萱後，一定再來這裡看妳。」阿翔蹲下身，摸摸小女孩的頭。

「真的嗎？」小女孩半信半疑地說道：「那你一定要快點喔，安琪自己一個人在這邊好寂寞的。」

「怎麼會呢？不是有莉亞陪著妳嗎？」阿翔問。

「莉亞一直睡覺，不會跟安琪講話，也不會摸安琪的頭。」小女孩嘟著嘴。

阿翔揉弄安琪頭髮的手掌一頓，突然猶豫地說道：「那麼……我們把莉亞叫醒好嗎？」

小女孩一愣，為難地搖搖頭，說道：「長老說莉亞一醒過來就會死掉。」

「今天就是伊斯特之祭，長老本來就要叫醒莉亞的，要是他過來的時發現安琪提早完成任務，一定很高興。」阿翔的眼裡閃過一絲罪惡感，「到了那個時後，就不會讓安琪一直在這邊孤孤單單的了。」

他在說謊，在欺騙相信著自己的人。我可以從那微微顫抖的背影看出他內心的痛苦。

「真的嗎？但是安琪叫不醒莉亞。」

「別擔心，我的朋友可以。」阿翔伸手指著我。

「這樣啊，太好了。」安琪向前跨了一步，抬頭看著阿翔：「但翔哥哥要答應安琪一件事。」

「妳說。」阿翔點頭。

安琪甜甜一笑：「翔哥哥，跟安琪生孩子吧。」

「幹！抓到！你還說不是蘿莉控！」我抱頭大叫。

阿翔卻突然拱起身體，拉著我向後急退，如臨大敵。

見到阿翔的反應，安琪臉上嬌憨的神態一掃而空，小臉上充滿失望。

「翔哥哥，為什麼要逃跑呢？」

阿翔臉色大變，緊張地說道：「妳誤會了，我絕沒有那個意思。」

「原來翔哥哥跟那些人是一樣的，都想要利用安琪。」安琪紅著眼眶，胖嘟嘟的手指掀起裙襬。「果然長老說得沒錯，靠近莉亞的都是壞人。」

「高紈，照計畫！」阿翔大叫。

「乾！」我慘嚎一聲，卻沒有動作，因為我已經看到安琪的裙底。

簡直匪夷所思。

那個女孩的胯下，棲息著惡魔。

「我以黎布拉『最多』蛋蛋之名，向入侵者發出警告。」安琪歇斯底里地尖叫：「快去死！不然安琪就殺死你！」

這個小女孩竟然是最之卵蛋的擁有者！

天底下「最多」的蛋蛋？

一個人，到底能有幾顆蛋蛋？

我的視線已無法離開那個幼女的胯部。

她小巧可愛的兩腿間，白皙柔滑的肌膚上黏著一坨粉紅色的泡沫。

仔細看的話，就會發現那泡沫其實是無數顆細小的粒狀物。

我忍不住想起生物課本上看過的，福壽螺的卵。

「那些……全部都是蛋蛋嗎？」我腦中一片空白。

安琪用食指輕輕沾起其中一顆卵，側身拉臂。

我渾身冒起雞皮疙瘩。

阿翔的「震動」、奧勒多的「擊打」、財哥的「燃燒」都有個共通點，他們戰鬥的時候，蛋蛋從未離開胯下。

然而安琪的戰鬥方式不同，那恐怕是生物演化史上從未出現的異狀。

這世上，竟有人將蛋蛋用來「投擲」。

「翔哥哥！跟安琪在一起吧！」安琪哭喊，甩手扔出蛋蛋。

蛋蛋在空中滑行，充氣般膨脹成拳頭的大小，然後猛地炸成粉末。

那瞬間，我的眼睛清晰地捕捉到，粉紅色的卵在空中緩緩分解，化做無數顆砂塵般細小的蛋蛋，孢子植物般向四面八方飛散。

嗡。

阿翔的身影出現在我面前，迅速將我拉到一節粗大的樹幹後面。

安琪的蛋蛋孢子飄散在樹上、地上，馬上生根發芽、迅速成長，我們所藏身的巨木遭到蛋蛋寄生，養分被掠奪殆盡，沒幾秒就開始枯萎腐敗。

轟隆，大樹坍塌，露出安琪的身影。

在她身遭，幾十朵兩公尺高的粉紅色蕈狀物體盛開，宛若死亡的花朵。

安琪用衣袖擦擦鼻涕，吸了吸鼻子，然後又摘下一顆蛋蛋。

「幹你媽的！有病去看醫生啦！」我破口大罵，用髒話發洩緊張的情緒。

「翔哥哥是不是討厭安琪了？」小女孩難過地問。

「沒、沒有這回事。」阿翔臉色鐵青地回答。

「這樣的話，跟安琪在一起吧？幫安琪生孩子吧？」安琪又丟出一顆蛋蛋。

蛋蛋在空中膨脹，然後炸開，與此同時，地上幾十朵菌類也噴出同樣的粉塵。

嗡嗡嗡嗡嗡……

阿翔的身影快在空中迴旋，帶起一陣氣流，將蛋蛋孢子捲開。

孢子四散在地上，繁衍成更大量的蕈狀物體，將我跟阿翔團團包圍，地上的花草樹木瞬間乾癟枯萎。

我無法想像，要是碰到那些巨型蘑菇，人類的身體會變成什麼樣子。

阿翔落地，胯下的矽膠蛋蛋碎裂。

「高紈，叫醒她，或許我們還有一絲生路。」他沉聲道，從麻布袋裡又拿出一副蛋蛋裝上。

「我真的能做到嗎？」我吞了口口水。

「這個世界上，除了伊斯特以外，就只有你能喚醒她。」阿翔說道。

我點點頭，往前踏了一步，站到叫做莉亞的石像面前。

阿翔想取的武器並非矽膠蛋蛋，而是這個女人。

那是做為兵器實在太過強力，連黎布拉都不得不將其封印於此的存在。

巨蛋．歌莉亞。

「歌莉亞，甦醒吧！」我高舉雙手。

石像毫無動靜。

「你們兩個都留下來陪安琪吧！」安琪一口氣撈了一把蛋蛋，向前撒出。

「高紈，專心！」阿翔的眼瞳收縮，身影消失在我面前。

颼颼颼！高速移動的阿翔捲開大量噴射的孢子。

上百朵菌類拔地而起，每一朵都飽含細小的蛋蛋。

這就是天底下「最多」的蛋蛋，令人絕望的數量，恐怖絕倫的繁衍速度。

然而此刻我的心中毫無畏懼。

因為阿翔還站在我的身後，比起自己，我更願意信賴這個男人。

「高紈，只要我還有一口氣在，一粒蛋蛋都不會碰到你。」阿翔背對著我，換上新的矽膠蛋蛋。

我收斂心神，凝視著眼前的雕像。

如果阿翔說得沒錯，最之卵蛋都是初步顯現進化徵兆的蛋蛋，雖然身為宿主的人類感受不到，若是像我一樣進化完全的蛋蛋，就能與之溝通。

我閉上眼睛，脫下褲子讓蛋蛋對著雕像。

一股傲氣油然而生。

我是進化之樹最頂端的存在。

我是新人類的領袖！

「擁有『最巨』稱號的勇豪！黎布拉的無敵神兵！掌握參天巨卵的魔神！我以伊斯特之名命令妳！為了我戰鬥！」

喀。

石像的臉上綻出一道裂縫，石灰簌簌剝落。

一雙血紅色的眼睛睜開。

轟隆隆隆……

大地震動。

我一屁股跌在地上，石階上爬滿巨大的網狀裂痕。

呼應我的召喚，驚世駭俗的龐然身影破土而出。

那是由於龐大的蛋蛋所消耗的能量過巨，不得不陷入沉眠的最巨卵蛋，歌莉亞。

千百年來，她的蛋蛋在此地扎根，汲取這片土地的養分，成長得越加巨大。

透過我蛋蛋的呼喚，這個意識混亂的怪物將不分敵我地暴走，為黎布拉帶來慘痛的打擊。

然而我感受著久久沒有平息的地震，內心湧上難以言喻的恐懼。

我知道這個蛋蛋很大。

但是，這也太誇張了吧？

「阿翔，問你一件事。」我仰著頭，看著巨大的黑影逐漸遮蔽天日。

「嗯？」阿翔也仰著頭。

「最大的蛋蛋，到底有多大？」

「該怎麼說好呢？」他的臉上流下冷汗。

「打從你來芬蘭的第一天起，就一直踩在歌莉亞的蛋蛋上了。」

「吼！！！！！！」

巨魔發出震天價響的咆哮，下一秒，世界地圖的輪廓從此改變。

「阿翔，為什麼人們都喜歡大雞雞呢？」

幾年前，我跟阿翔肩並著肩在公共廁所尿尿的時候，曾經問過這樣的問題。

「在野生環境中，性器官等同致命的要害，若是有雄性能夠帶著體積大的要害生存，就能證明其本身的強大，因此生物會傾向依賴性器碩大的個體。」阿翔解釋。

「一派胡言。」我瞪著自己的胯下，拉上拉鍊。

「沒錯，一派胡言。」阿翔身體哆嗦。

自古人類就對巨大的物體抱持著敬畏的情感，這是一種本能。

所以有些種族崇拜奇岩巨樹，有些種族祭祀天地山海。

但在我眼前發生的事不同。

當超越理智規模的異相出現在眼前，大腦連恐懼都來不及產生。

無論是誰看到都會有相同的疑惑吧？

——這麼巨大的蛋蛋，到底是怎麼移動的啊？

不需要聽聞蛋蛋相撞來確認它的「堅硬」，不需要觸摸蛋蛋來確認它的「強韌」，不需要看見蛋蛋噴出火焰來確認它的「炎熱」，亦不需要目睹蛋蛋繁衍來確認它的「大量」。

那是更加直觀、更加簡單明瞭的事實。

沒有人類可以抗衡這種「巨大」，僅僅只是這樣而已。

像是放大億萬倍的蘿蔔出土，體積無法衡量的蛋蛋山體般抬升，造成地勢隆起形變。

歌莉亞的身體隨之升起，她早已失去雙腿，下身根部連接在蛋蛋上。

與不可思議的巨蛋相比，歌莉亞的身體就像是一根微不足道的毛髮。

她張開嘴巴，發出粗啞的聲音，我卻無法理解她的語言。

「歌莉亞，摧毀妳所看見的一切。」我下達了多餘的指令。

已經不是如何對抗的問題了。

任何殘存一絲本能的生物，都不會選擇接近這樣的存在。

「啊啊啊啊啊啊啊啊啊啊！」

然而，接下來的那瞬間，我聽見了完全不亞於歌莉亞咆哮聲的淒厲喊叫。

一股滲人的恨意飛快在樹林間膨脹。

樹海中，一道黑影利箭一樣疾射而來，身遭纏繞著晦暗的氣息。

黑影攀上巨蛋表面，野獸般四肢並用，向歌莉亞竄去。

彷彿感受到威脅，歌莉亞的身體緩緩沉入巨蛋之中。

「殺殺殺殺殺殺殺殺殺殺殺！！！」

黑影雙手握著小刀，瘋狂砍刺著巨蛋表面，試圖將歌莉亞的身體刨挖出來。

小刀所過之處鮮血四濺、爛肉橫飛，然而他所造成的傷害面積對整個巨蛋來說完全不值一提。

我突然看清他的臉。

那是一張稚氣未脫的俊秀臉龐，臉龐上鮮血淋漓，布滿指甲刮出的傷痕，他的雙眼汩汩流出血淚，眼球已經不知去向，只是盲目地倚賴直覺攻擊最大的敵人。

「安彤！」我驚呼出聲。

究竟發生了什麼事，讓那個害羞的大男孩，化身失去理智的殘暴凶獸？

「高紈，該走了。」阿翔拍拍我的肩膀，「不論來的是誰，都不可能攔住歌莉亞，現在是黎布拉最混亂的時候。」

我點點頭，搭著阿翔的肩膀。

「……幹嘛？」阿翔一臉莫名其妙地看著我。

「用震蛋通迅帶我過去啊。」

「你不是自己也會用嗎？」

「呃……可能是還不夠熟練吧，我發現沒有生命危險的時候好像辦不到耶。」我難為情地抓抓頭。

「真拿你沒辦法，挪。」阿翔拿出一副矽膠蛋蛋遞給我。

「幹嘛？」我瞪著矽膠蛋蛋。

「借你用啊。」他不耐煩地說道。

「用你個大頭鬼！不要講得好像是哆啦A夢的道具一樣好嗎？不是每個人拿到情趣用品都能馬上學會瞬間移動啦！」我勃然大怒。

「嘖。」阿翔也不多說廢話，把麻布袋扛在肩上，一手抓著我就發動震蛋通迅。

由歌莉亞養分所灌溉的茂密樹海在我腳下飛逝，慢慢轉變成冷清的針葉樹林。

奔跑過程中，我都還能感受到大地的震動。

距離喚醒歌莉亞已經過去十分鐘，她的蛋蛋還沒完全出土。

阿翔停下腳步，前方的樹尖上，一個熟悉的身影叼著菸。

在他身後寬廣的土地全給燒成了焦炭，赤地千里，大地上覆著厚厚的白灰，無數誇張的裂痕劈開地面。看來一場驚天動地的大戰剛剛結束。

財哥身上的花襯衫敞開，露出胸膛上一道怵目驚心的傷疤，從左胸一路延伸至腰際。只要再差幾公分，或許天底下最屌的蛋蛋已不復存在。煽不愧是淨身師一族千年不出的鬼才。

但站在這裡的畢竟還是財哥。

「真有你的，居然能叫醒那個傢伙。」財哥抬頭看著歌莉亞。

「如今我總算明白你為什麼會站在黎布拉那邊，如果不是萱萱，我可能會支持你。」阿翔嘆道：「我時間不多，動手吧。」

「沒必要，我現在的工作是讓那個大傢伙睡回去。」財哥搖搖頭：「你對黎布拉的威脅超出瓦依納莫的預期太多，他已經放出了那個髒東西。」

阿翔臉色一凜。

財哥接著說道：「如果你有本事從他手下活著出來，或許我才會攔你。」

阿翔沒再說話，抓著我就繼續狂奔，與財哥錯身而過。

財哥意味深長地看了我一眼，緩步朝歌莉亞的方向走去。

幾分鐘後，我們站在一處山丘上，俯瞰那座雄偉的城堡。

周遭的地勢仍持續抬升，整座城堡簌簌抖動。

城堡前的空地上，白色的蠟燭擺放成巨大的圖騰，圖騰中央是一座漆黑的祭壇。

數百臺輪椅圍繞著圖騰，黎布拉的貴族們穿著華美端莊的服飾，神色虔誠肅穆。

祭壇後方立著一根巨大的十字架，十字架頂端綁著一名身穿白衣的長髮女子，緊閉著眼，不知生死。

萱萱。

我幾乎可以感覺到阿翔內心的震動。

不論受到什麼傷害，只要蛋蛋還在，就能夠奇蹟般痊癒的聖女。

透過移植萱萱的蛋蛋，沉睡千年的伊斯特將在最短的[illegible]

瓦依納莫的輪椅就停在祭壇前，白鬚隨風飄動，他雙眼炯炯[illegible]我們的方向，彷彿早已預期到我們會出現。

「還沒開始啊？」阿翔朗聲問。

「正等著人到齊呢。」瓦依納莫冷笑。

「受寵若驚。」阿翔慢慢從麻布袋裡面掏出一副矽膠蛋蛋，綁在胯下。

「那麼，儀式開始吧。」瓦依納莫轉身，輪椅朝十字架駛去。

噠噠噠噠……

馬蹄聲響起，兩匹身形高壯的駿馬出現在斜坡盡頭，牠們拖著一座巨大的鐵籠，呼哧呼哧地跑到我們面前。

框噹，鐵籠打開，裡頭一個身型痴肥的男子囚犯般掛著手銬腳鐐，雙眼被黑色的布條遮蔽，嘴巴緩緩淌出涎液。

厚重的皮革覆蓋住男子的下體，皮革側緣，精鋼鎔鑄的鉚釘焊在他腰際發紫翻蜷的爛肉上。

遠方，瓦依納莫嘹亮的聲音響起。

「史丹奇，我允許你解開束縛，摧毀我們的敵人。」

馬車還在搖搖晃晃地前進，肥胖的男子茫然抬起頭。

他胯下的皮革與鋼鐵開始冒出青煙，彷彿遭到強酸腐蝕，很快融化成一團黏稠的液體。

「嘶嘶嘶——！」

兩匹馬仰天長嘯，驟然摔倒在地，口吐白沫。

嘰——

失去控制的鐵籠在土地上甩尾磨擦，颳起淡淡的沙塵，終於停在我們面前二十公尺處。

男子的蛋蛋於是裸露了出來。

我無法確切形容蛋蛋的外貌，因為它露出來的一瞬間，淚水模糊了我的視線。

幾秒後我才反應過來，那不僅是因為淚腺受到過於強烈的氣味刺激，同時也是一份巨大的屈辱。

人類出現至今兩百萬年以來，蛋蛋一直在觀察，一直在思考。

到底該怎麼做，才能在演化的道路上持續邁進？

它們殷切地向大自然學習，並且得出各自的結論。

有的蛋蛋獲得堅硬的外殼，有些蛋蛋獲得超卓的韌性，有的蛋蛋獲得龐大的體積，有的蛋蛋獲得驚人的自癒能力。

所以有這種存在也不奇怪。

在自然界中，這是再常見也不過的防衛武器。

——劇毒。

「你這個……臭雞雞……」

我很想這麼罵，但我死也不想在這個蛋蛋面前張開嘴巴。

我試圖遮掩口鼻，濃烈到幾乎化為實體的惡臭仍從我全身上下的每個毛細孔鑽入體內，使得我的皮膚一陣熱辣。

這就是黎布拉最惡劣的生化兵器。

天底下「最臭」的蛋蛋，史丹奇。

地面開始軟化，變成墨綠色沼澤一樣的爛泥。

我吐了。

理論上，我瀕臨進化完全的蛋蛋足以免疫這種攻擊。

然而對方甚至還沒跟我接觸，我的肉體跟心靈已經雙雙敗北。

我的內心充滿不解與憤怒。

怎麼會有人放任自己的蛋蛋臭到這種程度？

你他媽是雙蛋瓦斯嗎？

這個蛋蛋的存在，與其說是個人衛生習慣差，不如說是世界所散發出的巨大惡意。

唧唧唧……

扛在阿翔背上的麻布袋內，矽膠蛋蛋遭到沼氣侵蝕，幾乎腐爛殆盡。

然而即使是如此，他仍沒有後退。

不論出現在前方的是什麼牛鬼蛇神，他要做的事都不會改變。

他只是靜靜從麻布袋中拿出最後幾副矽膠蛋蛋，紮在褲袋上。

他雙手環抱住身邊一節粗大的樹幹，矽膠蛋蛋超頻震動。

嗡。

蛋蛋破碎。

大樹被連根拔起，如同攻城槌一樣撞向史丹奇。

史丹奇沒有移動，樹幹接觸到他的身體時瞬間變黑，然後腐化成黏膩的酸臭物質，成為噁爛沼澤的一部份。

阿翔的身體停在空中，距離史丹奇只剩下十公尺。

他翻身裝上矽膠蛋蛋，嗡的一聲再度消失。

路邊一顆巨岩憑空飛起，砲彈一樣朝史丹奇飛射，阿翔則藉由岩石的掩護欺身進入史丹奇身前五公尺處。

巨岩腐蝕出一個人型孔洞，毫無阻礙地穿越史丹奇，繼續向後飛去，砸倒了一排樹木。

矽膠蛋蛋再度破碎，阿翔換上下一副矽膠蛋蛋。

嗡。

最後的五公尺瞬間縮短為零，阿翔沒有撞上史丹奇，而是急停在他身前。然後，他伸手摸了一下史丹奇的大腿內側。

史丹奇面色一變。

「不管你再怎麼進化，只要是蛋蛋，就無法避過這招。」阿翔淡淡說道，他的臉色發青。

我幾乎開口叫好。

阿翔真不愧是數一數二的蛋蛋學者，這種時候居然還能想出這種計謀。

提睪反射。

人的大腿內側受到觸碰時，提睪肌會不自覺的收縮，使得睪丸上提。

剛剛那千鈞一髮的瞬間，阿翔強行觸發了史丹奇的提睪反射，使得擁有毀滅性劇毒的蛋蛋碰到了史丹奇自己的胯部。

史丹奇雙眼翻白，轟隆一聲倒了下去。

所以說衛生習慣很重要，那份過於強烈的毒性，連他本身都無法承受。

近在眼前的愛人激發了阿翔所有的潛能，僅僅十餘秒，他竟打倒了最之卵蛋。

然而，我渾身的肌肉同時緊繃了起來。

地上原本持續擴散的沼澤緩緩收斂，湧入史丹奇的屍體內，屍體如同海綿泡水一般開始膨脹再膨脹。

這個臭肥宅居然像雙蛋瓦斯一樣會自爆！

「快……跑……」我用盡全力大叫，嗓音卻暫時被莫名的沼氣毒啞。

阿翔轉過身，背對著我。

他的手上握著最後一枚矽膠蛋蛋。

我大喜，為了獲得疾速演化出來的蛋蛋，絕對來得及讓他逃出毒氣的爆炸範圍。

最後一枚蛋蛋慢慢裝上阿翔的胯下。

阿翔在笑，他的眼睛，從頭到尾都只注視著一個方向。

此刻的他，就像個英勇的騎士。

山丘下，瓦依納莫走近萱萱，一手拿著鋒利的小刀，一手拿著聖經，慷慨激昂地朗誦著祝禱文。

「有些人生而為閹人，有些人是為人所閹，還有些人，是為了天國自願成為閹人。」

史丹奇的屍體繼續膨脹，猶如碩大的鯨屍。

「這段話，能夠領略的人便能夠領略──《馬太福音》第十九章第十二節。」

瓦依納莫啪的一聲闔上聖經，神情狂熱地舉起小刀。

「高紈，我想通了。」阿翔突然開口，他的臉色開始由青轉紫，那是中了致命劇毒的徵兆。「為了要在自然界中生存，所有蛋蛋的進化結果都具有強烈的目的性。」

「然而震蛋通迅並非透過演化，是我自己鍛鍊出的技術。」

史丹奇屍身的皮膚緩緩繃緊。

「不是為了追捕獵物，也不是為了躲避危險。」

啪，史丹奇的肚皮上綻放出一道裂痕，霉綠色的氣體瓦斯一樣擴散。

嗖，瓦依納莫揮落小刀，刀鋒閃著寒光。

轟！嗡！

爆炸聲與嗡鳴聲幾乎同時響起。

煙塵散去。

我張大嘴。

山腳下，巨大的十字架攔腰而斷，英勇的騎士將聖女抱在懷中。

騎士的衣衫脆化成沙，裸露的肌膚上爛瘡遍布。他的腳踝肌腱已經溶解，彎曲成詭異的弧度。

這個天縱奇才的男人，已經再也無法奔跑。

但是無妨，他的旅程已然抵達終點。

「不論發生什麼事，我都會來到妳身邊。就是為了做到這點，我才獲得這種速度的。」

阿翔傻笑。

絕美的聖女終於睜開眼睛。

CHAPTER 10
擬態

我的眼中蓄滿淚水，內心深處期許過無數次的畫面在眼前上演。

終於，阿翔來到萱萱面前。

那是他的起點，也是他的終點。

「睡醒啦？」阿翔傻傻笑著，彷彿現在是某個日常的早晨。

「你太慢了。」萱萱紅著眼眶。

「但我還是來了。」阿翔搖搖晃晃地回答。

最韌、最燙、最多、最臭……

為了說出這句「我來了」，他足足跨越了四個最之卵蛋，歷經無數死門，身體早就滿目瘡痍。

也許就是為了這一刻，他才死撐著一口氣活到現在。

「我馬上就……帶妳回家……」阿翔說道，卻忍不住闔上疲累的眼皮。

「我不要回家了。」萱萱搖搖頭。

「那妳想去哪裡？」

「這一次，你去哪裡，我就去哪裡。」

阿翔露出滿足的笑容，突然雙腳一軟，整個人向前傾倒，依偎在萱萱身上。

「我沒有……戒指……」阿翔靠在萱萱肩頭，氣若游絲。

「沒關係，你以後再慢慢補償我。」萱萱倔強地咬著嘴唇。

她沒有哭，她一直是個堅強的女孩。

然而我們都知道，阿翔已經沒有以後了。

虛假的幻象破滅，他畢竟不是英雄，不是騎士，只不過是個用情至深的男人。

我的鼻頭一酸，記憶中一個嬌豔的倩影浮現在心頭。

為了所愛之人奉獻一切，這也許是阿翔人生中最幸福的時刻。

而我已經連奔向愛人的機會都沒有。

萱萱眼裡異彩閃爍，彷彿終於下定了某種決心。

唰。

她的袖口彈出一柄小刀。

我一愣，還來不及反應，阿翔的胯下濺出血光。

瀕死狀態的他感覺不到萱萱正在做的事，我卻突然一陣戰慄。

如果我心中所想為真，這對阿翔來說一定是比死還痛苦的折磨。

此刻的我只恨自己的身體無法移動，只能眼睜睜看著悲劇發生。

阿翔空蕩蕩的胯下出現了一條傷口，啪搭啪搭滴著血。

「傻瓜，你是不是以為，只有英雄才能救美？」萱萱附在阿翔耳際，柔聲說道。

她掀開裙襬，露出那顆雪白中透著點嫣紅的美麗蛋蛋，將刀鋒抵在蛋蛋根部。

「你做事總是這樣，莽莽撞撞的，從來也沒有考慮過我的感受。」

萱萱輕聲呢喃，刀鋒陷入白嫩的肌膚，幾滴血珠滲出，在銀白色的刀面上晶瑩滾動。

「你說過會答應我任何事，我可沒那麼貪心，從今以後，你只要記得一件事。」

萱萱銀牙緊咬，用力一拉刀柄，整個刀面沒入蛋蛋根部，蛋蛋掉了下來。

這是何等痛楚，她的臉色瞬間慘白，冷汗涔涔流下。

神奇的是，蛋蛋上面並沒有傷口，像塊柔軟的布丁一樣靜靜躺在掌心，散發出淡淡的乳白色光暈。

萱萱虛弱地看著阿翔，露出笑容。

「不管發生什麼事，都要活下去。」

啪。

萱萱把蛋蛋塞在阿翔胯下，蛋蛋輕顫，緩緩吸附住尚未癒合的傷口。

霎時間，阿翔全身上下發出劈哩啪啦的聲響，破碎的骨骼內臟開始重組，皮膚上的傷痕以驚人的速度癒合，就連中毒發紫的臉色都逐漸恢復正常。

幾十秒過去，他的呼吸粗重了起來。

萱萱雙頰凹陷，髮絲披散在肩頭，整個人的神采都委靡了下去。

現代醫療技術的進展下，睪丸移植手術並非遙不可及的夢想。

然而萱萱憑藉著絕強的生命力，居然硬是把自己的蛋蛋「安裝」在阿翔胯下替他療傷，此等壯舉簡直聞所未聞。

萱萱抱著阿翔的腦袋，深深一吻。

柔白的光暈將兩人包圍，完滿的瞬間宛若永恆，畫面凝結。

他們的身旁，黎布拉上百號人馬靜靜地看著聖女自殘，竟無一人出手制止。

鐵定有哪裡不對。

強烈的不安感在我的內心翻騰。

「咳咳咳咳！」我的蛋蛋終於發現主人的危機，遲鈍地運轉起來，一股清涼的氣息從下體擴散，消解了體內的毒瘴。

我驅使還不太靈活的身體，跌跌撞撞跑到山腳下。

遠遠的，瓦依納莫看著我，眼中再度閃耀起詭異的光芒。

「這個狗屁儀式也該畫上句點了。」我心急如焚，看著擋在路上的瓦依納莫，上前一腳就踹了過去。

不料瓦依納莫蒼老卻有力的手抓住了我的腳踝。

他雙眼緊緊盯著我，獰笑道：「不，人終於到齊了。」

「你再嘴硬沒關係，阿翔已經把你精心設計的一切都摧毀了！」我大聲說道，內心卻開始發虛。

「伊斯特沉眠千年的巨大飢餓需要大量的養分填補，所以需要歌莉亞。伊斯特身上的傷需要治療，所以需要聖女。這些你們或許都已經猜到了。但是你們有沒有想過，伊斯特的睪丸到底在哪裡？」

我心頭一震。

瓦依納莫看著天空，彷彿強掩內心的激動，蒼老的臉皮一顫一顫地抽搐。

「其實，就算所有條件都成立，打從一開始就不可能復活伊斯特。」

「什麼意思？」我忍不住問。

「因為伊斯特早就復活了，她的甦醒比我們想得更加快速，更加完全，距離千年前的狀態，僅有一步之遙。」

瓦依納莫的表情越來越猙獰，臉上的肌肉像是要掙脫頰骨一樣開始拉扯扭動，臉皮下彷彿數十隻小蟲瘋狂蠕動，突起一個又一個腫塊這種臉部變動已經超過區區「表情」可以涵蓋的範疇。

此刻，我完全忘記阿翔的事，驚愕地看著瓦依納莫的面部骨架喀喀喀彎曲變形，化為一張截然不同的臉龐。

「好久不見。」

他的喉嚨中吐出我熟悉的聲音。

我揉揉眼睛，一個妖嬌的女子從輪椅上站起。

「曉玫？」我呆若木雞，任憑自己的腳掛在對方手中。

從第一次在酒吧相遇開始，這個女孩就在我心裡占據了特別的位置。

她耐心地指引我進入這個世界，教會我關於蛋蛋的知識，最後甚至為了我而犧牲。

她讓我在心境上成熟蛻變，鼓起勇氣面對前方的一切。

那夜之後，我不知後悔了多少次，當時沒有強行命令曉玫跟著我離開。

「妳……還活著？」我欣喜若狂，感到這陣子以來所發生的一切都虛幻不實。

我的內心早就偷偷幻想過無數次，聰慧機靈的曉玫或許能逃出生天。

然而見識過煽的手段後，我比誰都清楚，以新人類的實力，無論如何都不可能在那個怪物的手下生還。

「話說回來，你還沒看過我的蛋蛋吧？」曉玫沒有回答我的問題，露出一如既往的甜笑。

她體態輕盈地扭動腰肢，過大的長袍順著身子滑落，裸露出姣好誘人的身段，一對小巧可愛的蛋蛋在胯下輕晃。

「分析目標物的DNA，在蛋蛋內仿造出相似的遺傳訊息，進而將其複製量產，最後改變全身的樣貌。我的蛋蛋沒有飛天遁地的力量，只能透過模仿強大的生物而欺騙敵人，保護自己，這就是弱小的它所選擇的答案——『擬態』。」

其實她說的話我一個字也聽不進去。

我多想告訴她，真相如何我根本就不在乎。

只要妳還在，不管怎樣都好。

然而，一股詭異的矛盾在我體內膨脹。

我腦中的理性思維掙脫狂喜的情緒，開始運作。

「妳偷偷假扮成瓦依納莫？」我的大腦越來越混亂。

又或者是最壞的情況，現在是瓦依納莫假扮成曉玫？

曉玫伸出食指，輕輕晃了晃。

「不，打從一開始，我就是瓦依納莫，也是曉玫。」

我的笑容逐漸凝結。

從剛剛開始，曉玟就沒有叫過我先知。

曉玟繼續媚笑。

「你難道從沒有想過，當初是誰寫信要你來黎布拉？是誰把伊斯特的日記交給你，讓你與伊斯特之卵產生連結？是誰一步一步引導你來到此地？是誰利用各種歷練讓你的的力量慢慢甦醒？」

她的笑容越來越甜膩，越來越陌生，語氣越轉高亢。

「你還真以為自己天生就擁有進化完全的蛋蛋嗎？自以為是也該有個限度啊！奧勒多被打倒、莊宇翔被尤努柯斯控制、煽會找到新人類的據點、菲尼克斯會跟煽交手並戰勝，這一切都不是巧合！」

蔥白的手指順著我的腳踝緩緩撫摸上大腿，進而握住我的蛋蛋，她的眼中滿溢著貪婪。

「一千五百年來，黎布拉為了喚醒伊斯特費盡苦心，遍尋良方無果。終於在二十二年前，長老團做出決議，讓聖蛋老人將沉眠不醒的伊斯特之卵移植至人類身上，透過肉體滋養使其復甦。」

我的大腦飛快運轉，無數個謎團瞬間連接在一起。

——明顯在我之前就出現的新人類集團。

——我陰囊中間那條手術痕跡。

——時不時就出現的伊斯特記憶。

「我費盡千辛萬苦，利用新人類這個幌子，一步一步引導你來到此地。然後以接連不斷的戰鬥為媒介，讓伊斯特回憶起全盛時期的自己。」

我臉色慘白，胸口一陣惡寒。

「終於明白了嗎？」曉玫尖聲笑道：「掛在你胯下的，就是伊斯特的蛋蛋啊！」

我低頭，驚覺此刻自己正站在燭陣中央，周遭數百把輪椅上，黎布拉的貴族們手拉著手圍繞在我身旁。

曉玫厲聲高喝：「佈陣！」

「手牽手！護懶葩！」其餘人齊聲應道。

他們露出詭譎的笑容，不約而同將手往下一按，壓住彼此的蛋蛋，跳起彆扭的舞蹈。

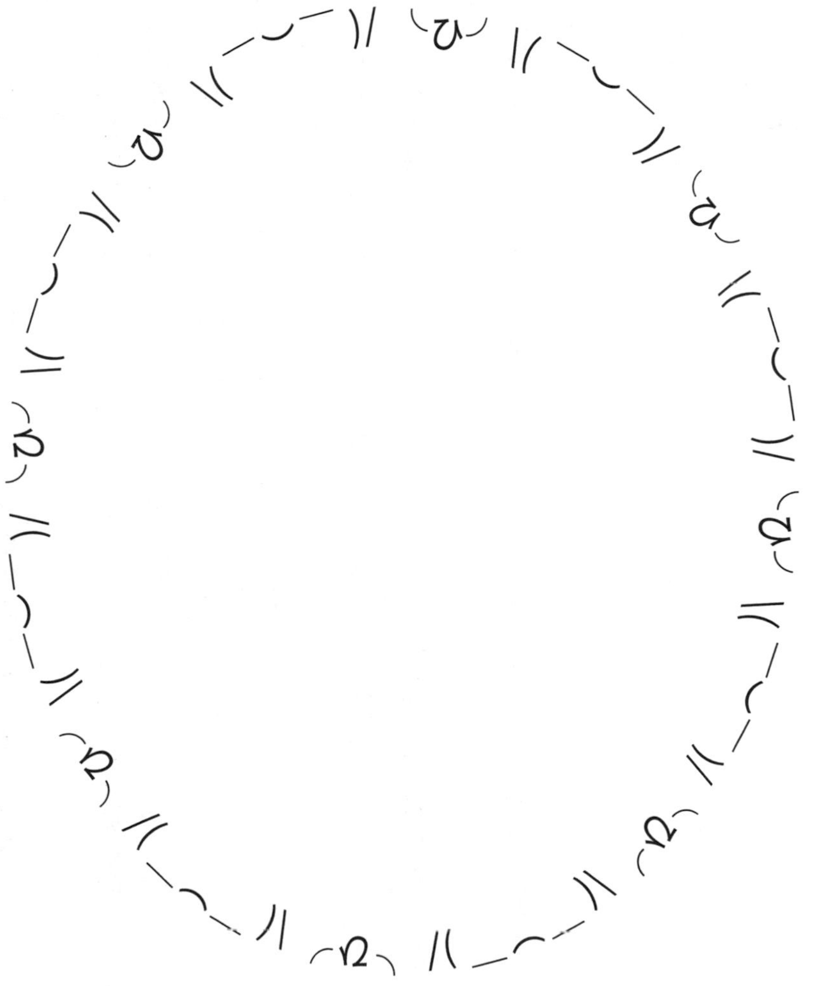

轟，所有的蠟燭瞬間自動燃燒，周遭的貴族們開始圍著我繞圈，一面朗誦艱澀拗口的咒文。

古老而神祕的儀式觸發，我的蛋蛋震動，一股沉重的威壓開始甦醒。

這一切變化來得太過突然，我完全不知所措。

原來，我才是這場儀式的最後一名成員。

我就是這場惡劣遊戲最後的「彩蛋(Easter Egg)」。

胯下一陣麻癢，我低頭看著自己的雙手。

手背上肌膚開始繃緊，變得細緻柔滑，手指漸漸變得纖細。

我的肩膀緩緩收窄，胸部隆起，頭髮以不可思議的速度生長，金色的髮梢垂至腰際。

伊斯特之卵正強行扭轉我體內的基因，利用儲存在睪丸內的古老DNA，將我回復成千年前伊斯特的模樣。

「還記得我說過的話嗎？」曉玫媚眼如絲，柔聲道：「資訊的竊取、分析、運用、誤導，每個小地方都有可能在未來成為左右戰局的關鍵。

「可惜直到最後，你還是沒學會這點。」

她對著我眨眨眼睛。

「永別了，高纨。」

咚。

美國白宮，正在記者會上高談闊論新移民政策的美國總統突然一愣，攝影鏡頭中的他臉色難看。

咚。

梵諦岡，帶領數千信徒祈禱的教皇，突然間睜開眼睛，難以置信地抬起頭。

咚。

上海，繁華的街道上，熙熙攘攘的人群同時停下腳步。

彷佛時間突然凍結了一秒。

世界各地，正在吃飯、睡覺、行走、做愛的人們，不約而同停下手邊的動作。

這個星球上，億萬顆蛋蛋同時揪了一下。

它們都感受到了，來自遠古記憶深處的顫慄。

宛若沉睡萬年的巨龍復甦，我的蛋蛋瀰漫出君臨天下的強大氣息。

金色的長髮無風自動，我的思緒澄明，體內瀰漫著無邊無際的力量，彷彿整個世界都在我的掌握之下。

此刻的我已經不是我，而是我的蛋蛋。

財哥、煽、甚至是歌莉亞，那些我過往視為怪物的存在，此刻彷彿螻蟻一般，只要我想，隨時都能將其輾殺。

這就是進化完全的睪丸。

這就是，新人類。

我的周遭，數百名無法行走的低等人類從載具上爬下來，卑微地匍匐在我的面前，一面顫抖一面喃喃唸誦著不明所以的經文。

「先……先知……」為首的女人激動得無法言語，鼻涕眼淚爬滿臉龐。

我的身後，名為宇翔的男子靜靜佇立，抱著懷中逐漸失去溫度的愛人，雙腿像兩桿鐵槍一樣釘在地上，彷彿世上再沒有事物能夠將其撼動。

僅只幾分鐘之內，他彷彿老了數十歲，過於強烈的哀傷代替歲月在他的臉上鑿刻出不該屬於這個年紀的皺紋，髮色也褪成哀淒的雪白。

他的背影散發出深切的悲慟。

那股悲慟刺得我有些不快。

我抬起頭，感受大地的震動。

從剛剛開始，我就能感覺到無數股力量在世界的各個角落迴盪。這個星球上每顆蛋蛋的動向都在我的掌握之下。

除了黎布拉以外，世界上還有許多天賦異稟的蛋蛋。

這其中，以那個蠢笨的龐然大物最令我厭煩。

我平舉起纖細白皙的手，輕輕往下一按。

轟隆。

巨大的力量憑空湧現，強行將歌莉亞壓向地底。

「……」歌莉亞身形僵直，困惑地停止動作，眼神呆滯地凝視天空。地鳴終於平息，芬蘭赫爾辛基市的東北方，永遠多了一座海拔三千多公尺的高山。

我動用力量的瞬間，兩股能量回應鼓盪，朝我急速迫近。

一股來自地球遙遠的另一端，一股來自剛剛歌莉亞沉眠的方向。

第二股力量暴烈而灼熱，幾秒後率先抵達。

胸前帶著刀疤的亞洲男子出現在我面前，那是我忠實的下屬，菲尼克斯。

「終於睡醒啦？」他咧開嘴，粗獷地對我笑道：「妳可知道，我等這天等了多久？」

「菲尼克斯。」我昂首睥睨，傲然道：「你為我的復甦做了許多貢獻，我赦免你的無禮。」

「嘿嘿，這麼慷慨？」菲尼克斯抓抓頭，「不過說來慚愧，我復活妳是帶著私人目的的。」

「你說。」我毫不猶豫地道。立於世界頂端的我，能夠賦予菲尼克斯想要的任何東西。

菲尼克斯伸出手，開始在花襯衫胸前的口袋掏摸，一面用聊天的口吻說道：「大叔我啊，在臺灣有個女兒，去年開始已經上高中了。妳說為人父母的，除了看著自己的小孩平安長大，還有能什麼要求是不是？」

他摸出一根皺巴巴的菸，放進嘴裡，罕見地用打火機點燃，萬分珍惜地抽了一口，享受地吐了個煙圈。

煙圈緩緩在空氣中消散。

「反正不管封印多久，早幾百年晚幾百年，總有一天妳都會醒來的，在妳把世界搞得亂七八糟之前，總得有人出來做點事吧？我粗人一個，沒什麼嗜好，頂多平時抽抽菸，幾十年下來，身體裡的器官早就爛了個遍，大概不是長命百歲的人，算算其實也不虧。」

他一副閒話家常的語氣，不慌不忙地抽完了煙。

我皺起眉頭，表達對他講話囉嗦的不悅。

篷的一聲，他的蛋蛋冒出一簇火花。

「大叔我想了又想，乾脆趁我活著的時候，趕緊把妳復活再一把火燒掉，豈不皆大歡喜？」

火焰包覆菲尼克斯的身影，高溫逐漸模糊了他周遭的空氣。

「就憑你？」我冷笑。

菲尼克斯無奈地聳聳肩，道：「我也不是那種什麼事都往身上攬的類型，不如說，我其實還滿怕麻煩的。但是沒辦法，這件事情非我做不可。」

「為什麼？」我問。

「因為我覺得，從今往後，大概不會出現比我更強的蛋蛋了。」

火光沖天，以菲尼克斯為中心，一層熾熱的火圈往四面八方快速擴張。

我冷哼一聲，不閃不避站在原地，任憑火圈通過我的身體，毫髮無傷。

黎布拉的成員可沒那麼幸運，只一霎間，上百人連慘叫都來不及發出，那個狗屁陣型就化為灰燼。

曉玫反應迅速地趴在地上，左肩不慎帶上一點火焰，幾秒後整隻手臂遭到大火吞噬，徹底消失無蹤。

「啊啊啊啊！」她在地上痛苦地打滾翻騰。

「你一直在隱藏實力。」我目光炯炯地看著菲尼克斯。

他聳聳肩，說道：「我可沒那種高深莫測的興致，只不過截至目前為止，還沒有人可以讓我使出全力罷了。」

我點點頭，饒有興味地張開腿。

與最之卵蛋交手的記憶湧上腦海，我已臻化境的蛋蛋開始運轉。

「大概是……這種感覺？」

我的蛋蛋也噴出強烈的火光。

「然後是這樣？」我手指輕捏陰囊的一角，慢慢往後拉，手腕轉動，將陰囊擰出螺紋。

菲尼克斯面色一變。

「蛋無虛發。」

我的蛋蛋挾帶著烈焰，以凌駕音速的威力射出。

砰！菲尼克斯瞬間中招，整個人呈ㄑ字形向後飛出，砸斷了幾棵樹才停下來。

他身上原先旺盛的火光瞬間黯淡，差點熄滅。

「嘿。」我收回蛋蛋，象徵性扭了一下腰部，蛋蛋顏色一轉，變成濃厚的墨綠色，一股毒氣飛快腐蝕地面，朝菲尼克斯襲捲過去。

森林中大火噴漲，瞬間將毒氣焚燒成虛無，連帶將周遭方圓五十公尺的樹林燒成白地。

「就算妳比我老了一千多歲，年輕人就是年輕人，不要這麼浮躁，我還沒自我介紹呢。」

菲尼克斯從火海中走出，嘴角淌著血。

「有必要嗎？」我揚眉，腳尖點地高高躍起。

龐然黑影籠罩地面，我的蛋蛋在空中超巨大化。

我輕盈地在空中翻身，帶動隕石般的巨蛋向下貫落。

轟。

巨型蛋蛋如同鏈槌球一樣，將剛站起身的菲尼克斯整個人砸入地面，大地崩陷，土石激射。

「嘖嘖，所以我說，現在的人到底懂不懂禮貌啊？」

我皺眉，一股惱人的灼熱迅速擴大，燙痛了我的蛋蛋。

我讓蛋蛋恢復成原來的大小，冷眼看著艱難地把自己拔出地面的菲尼克斯。

他身上殘火未滅，越燒越烈。

「這可是幹架的基本禮儀啊。」他自顧自拍著身上的灰塵，絮絮叨叨：「我的蛋蛋，是天底下最燙的蛋蛋……」

「聽過了。」我掏掏耳朵，身影嗡的一聲消失，出現在菲尼克斯面前，膝蓋狠狠撞上他的胸膛。

咚。

劇烈的衝擊聲響起。

菲尼克斯沒有動，他挺起胸膛，雙目瞠大，幾乎要噴出火來。

「我是，懶！葩！火！」

暴烈的焰火瞬間充滿了我的視線，刺目的強光使我向後退了幾步。

我的陰囊一角，竟燙出了水泡。

菲尼克斯吊兒郎當地站在原地，嘴中仍嘮嘮叨叨地說道：「大叔我剛到黎布拉時候，年紀太輕，脾氣比較暴躁，跟不少人都起了衝突。那個時候真的太衝動了，打上了癮，幾乎把所有最之卵蛋打趴在地上，連歌莉亞都差點被我燒醒，最後才被克勞斯逮著機會敲暈。」

他懷念地看著天空。

「那一戰後，我在最之卵蛋中排名第二，現在想想，我從來就不覺得自己輸給了他。」

「如果我當初有用這招，或許聖蛋老人的傳說早就終結了。」

菲尼克斯低頭看著自己的蛋蛋，輕聲唸道。

「睪丸炎。」

我懍然。

在萱萱出現之前，黎布拉有六個「最之卵蛋」。

因為都一樣叫做最之卵蛋，我就擅自假定他們是同一個等級的存在。

此刻的我終於知道這是多麼荒唐的謬誤。

熾烈的猛焰直衝九霄，彷彿要將天空燒出洞來。

濃縮再濃縮的火焰變得沉重、遲滯，像岩漿一樣緩緩流動，透出毀滅性的氣息。

這不是「我絕對無法打倒」的那種強。

這是「我絕對不想靠近」的那種強。

可是……

「罣丸炎應該是病名吧？」我怒道。

身為世界最頂端的存在，我竟然被對方的氣勢，逼退了一步？

「喂喂喂，妳要是現在開始逃跑，我可是會很困擾的。」

菲尼克斯伸手搔了搔胯下。

「得趁那個麻煩的傢伙到來之前結束戰鬥啊。」

無法理解。

簡直豈有此理。

最進化、最完全的我。

理應所向披靡，抬手勾指間湮滅山河、翻江倒海的我。

為什麼此刻竟是逃逸的那方？

大地乾裂，空氣燥熱，每一口灼熱的喘息都在燒傷我的肺臟。

我金色的長髮燒掉了大半，身上的衣衫更是早就被火焰焚噬殆盡，此刻正赤裸著身體狼狽逃亡。

用火焰燒毀我的音速擊打。

用火焰燒毀我的致命毒氣。

用火焰燒毀我的無限分身。

甚至，用火焰燒毀我的火焰。

所有最之卵蛋的攻擊在蠻橫霸道的火焰面前完全起不了作用。

菲尼克斯跟在我的身後，緩步向我走來，他蛋蛋的表層皮膚已經完全炭化，硝煙簌簌抖落，陰囊上青筋滿布，因為用力過度而顫抖不已。

「我可能真的有點老了。」

他咳出一口灼燙的血煙，漆黑如炭的蛋蛋再度炸出火焰。

實在是，強得太過頭了。

我閉上眼睛苦笑。

我果然還是覺得，用蛋蛋戰鬥是件很詭異的事。

截至目前為止，在我所見過的所有戰士中，能夠擋下他的，恐怕只有那一人。

——所幸，我終於撐到了這一刻。

毫無來由地，財哥的蛋蛋抖了一下。

噹。

天空之中，一個身影像堅硬的子彈一樣，直挺挺地落下，悍然插進地面。

身影渾身血紅，白色長鬚冉動，不亞於菲尼克斯的霸道氣息不斷噴漲。

我虛脫坐倒在地。

總算來了。

上一次見到這個男人時，我甚至無法保持站立。

那是在怪物雲集的黎布拉中，凌駕所有睪丸，排名第一的最之卵蛋。

同時擁有「最硬」、「最速」、「最強」稱號的鬼神。

蛋蛋之中的王者，聖蛋老人。

「我不在的這陣子，你倒是鬧騰得很。」聖蛋老人淡淡環視殘破不堪的黎布拉，不怒自威的強氣激起周身氣流擾動。

「我多希望你來不及回來。」菲尼克斯露出挑釁的笑容，「一次殺死兩個傳說，就算是我也會累的呢。」

聖蛋老人沒再理會渾身戰火升騰的菲尼克斯，反而突然轉過頭，瞇起眼睛看著我，沒頭沒腦地問：「為什麼這麼做？」

「為了引你到這裡。」我冷冷地道。

菲尼克斯不明所以地皺眉。

「你根本不知道自己做了什麼。」聖蛋老人低沉著臉：「為什麼喚醒歌莉亞？」

沒等我回答，菲尼克斯不耐煩地打斷了我們的對話：「要殺也好，要保也行，表個態吧，克勞斯。蛋蛋無眼，等等真打起來可別怪我沒有胯下留情。」

「看來上一次敲暈你的時候下手太快，來不及讓你感受我們之間實力的差距。」聖蛋老人不屑地冷笑。

無形間，兩股氣勢相互擠壓對抗，勢均力敵地對峙。

毫無疑問，這絕對是當今世上最強的睪丸對峙。

就在此時，一個誰都沒有發現的弱小存在，神不知鬼不覺地來到戰場正中央。

極為擅長隱藏氣息的偽裝大行家，蛆蟲般扭動身體，用緩慢到幾乎靜止的速度爬到我的身邊，僅存的獨臂朝我的胯下抓落。

銳利的指甲削落了部分皮膚碎屑，女子發出尖銳嘹亮的狂笑。

「終於等到你了！哈哈哈哈！讓我也達到永生吧！擬態！」

她歇斯底里地尖叫。

從許久許久以前開始就算計一切的女人，終於揭開她預謀已久最後的一步棋。

她的蛋蛋打顫，快速解析我身上的基因，全身肌膚如同蠕動的橡皮一樣變形。

等不及完全變化，她朝空中高舉獨臂，露出勝利者的驕傲姿態。

「伊斯特能夠成為新人類！我也能！」

即使全程目睹了我被菲尼克斯壓著打的畫面，對基因優劣深信不疑的她，仍一意孤行地朝進化之路邁進。

然而幾秒後，她漂亮的臉蛋開始歪斜扭曲，長出一顆顆碩大的肉瘤。

她的骨架塌陷，身體喀喀喀扭曲成詭異的弧度。

「嘎啊啊啊啊啊⋯⋯」

我靜靜地注視著曉玫在我面前崩毀成難以辨識的肉團。

「使用擬態的時候，如果大腦內所想像的目標與實際採集到的基因不同，變化的程序就會因為不協調而失敗。」

「你⋯⋯騙了⋯⋯我⋯⋯」失去人類形狀的曉玫仍發出斷斷續續的嘶啞聲響，滿臉不可置信地看著我。

我金色的長髮早已消失無蹤，平坦的小腹再度鬆垮，力量用罄的我終於連擬態都維持不了，恢復本來的樣貌。

「我胯下的蛋蛋，一顆是遭到手術替換的伊斯特之卵，另一顆則是我自己原本的蛋蛋。這陣子，我雖然透過各種夢境，斷斷續續看見伊斯特之卵的記憶，真正覺醒力量的，卻還是我自己的睪丸。」

財哥的蛋蛋瞬間啞火，臉上首度展現詫異的神色。

我平靜地說出真相。

「答案就是，伊斯特並沒有復活，從剛剛開始，我都是用自己的蛋蛋在戰鬥。」

「怎麼可能……」曉玫不甘地反駁：「你的蛋蛋不過是……」

「是的，我的蛋蛋不過是場精心策畫的謊言。」我淒然笑道：「但妳說過，我的蛋蛋蘊含強大的潛能。為了妳，我一直拚了命地相信這點，一直拚了命地，想讓自己的蛋蛋變強。」

我知道我很蠢。

然而即使是現在，我仍然喜歡著妳。

我走向曉玫，伸出手，環抱住她嚴重畸形的肉體。

「資訊的竊取、分析、運用、誤導，每個小地方都有可能在未來成為左右戰局的關鍵。這些話我都記得。」

是的，妳所說過的每句話，我都記得。

因為從很久以前開始，我就深深地憧憬著妳。

弱小卻頑強，嬌媚多變的妳。

「已經……不會停止了……」

曉玫沒有嘗試掙脫我的擁抱，只是露出怨毒的眼神，用最後的力量抬起頭。

「你們……都跟我一起毀滅吧……歌莉亞……讓一切都消失吧……」

她的瞳孔失去了光彩，下巴無力垂落，靠在我的肩頭。

我用心感受著與初戀最後的溫存。

我所愛之人，我所殺之人。

直到最後一刻，我仍然不知道她的真實身分。

是瓦依納莫也好，是另一個不知名的人物也好，在我心中，曉玫永遠都是曉玫，這樣就夠了。

「無論如何，謝謝妳。」我輕聲對記憶中那個旖旎的身影道別。

遠方，原本讓我暫時壓制而停止出土的歌莉亞雙目瞬間綻放出紅光，大地再度轟隆隆震動起來。

「那麼，接下來要搞清楚的只有一件事。」我轉過身，面對著聖蛋老人。

「如果我胯下只有一顆伊斯特之卵，那麼，另一顆伊斯特之卵又在哪裡呢，克勞斯？」

「又或者我應該叫你真正的名字——傑瑞？」

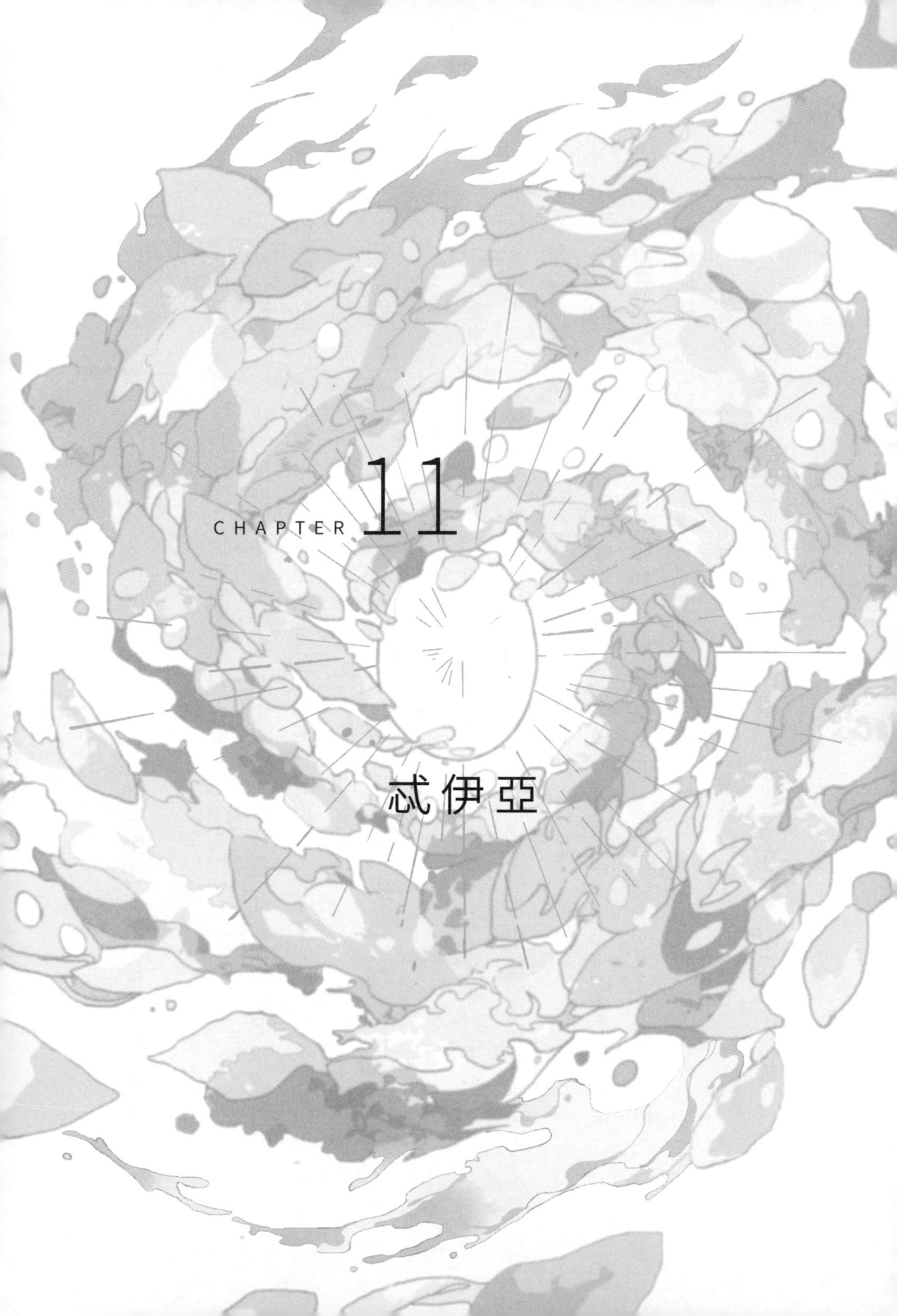

CHAPTER 11

忒伊亞

「……現在是什麼情況？我們還打不打？」財哥愣愣地道，蛋蛋尷尬飄地著煙。

「還行嗎？」我在內心悄悄問自己的蛋蛋。

「放心。」我的蛋蛋冷靜地回應，即使剛剛與財哥對打受到重創，此刻面對實力也許更強的聖蛋老人，卻完全沒有退縮的跡象。

「辛苦你了。」我歉然，畢竟自己什麼忙都沒能幫上。

「說什麼呢？」蛋蛋輕笑：「不是講好了要一起活下去嗎？」

我精神一振，是的，我們早就約定好了。

不管其他人怎麼看待人類與蛋蛋之間的關係，我們要攜手一同面對未來。

聖蛋老人靜靜地凝視著我的蛋蛋，深邃的湛藍眼眸中看不出任何情緒波動，好半晌才開口。

「的確，你胯下只有一顆伊斯特之卵，另一顆是則是你本身的睪丸。」他的語氣平靜：「我倒是沒有想到，你自身僅剩的一顆睪丸竟然完成了進化，也許伊斯特之卵為你帶來了什麼契機也未可知。」

我揚眉，對於他完全不避諱地承認真相感到些許意外。

一千五百年前，作為進化完全的新人類，伊斯特理應為人類帶來腥風血雨，轉瞬間將世界化為生靈塗炭的戰場。

然而她在完成進化後，卻了無聲息地消失在世上。

在那個年代，能夠做到這點的，只有一個男人。

「震蛋通訊並非蛋蛋進化的能力，而是倚賴人類意志鍛鍊的技巧。」我直視聖蛋老人的眼睛：「你並非最之卵蛋，對嗎？」

聖蛋老人沒有回答，我也不需要他的回答。

在伊斯特的記憶中，我早已看見了答案。

這個世界上，只有一種理由能夠讓人承受絕大的苦痛，鍛鍊出那種技巧。

那個理由我再清楚也不過。

阿翔是，我也是，眼前的男人亦然。

「從第一次見面開始，你便無法自拔地愛上了伊斯特，始終找尋著阻止蛋蛋進化變異的方法，你以近乎自殘的方式鍛鍊自己的蛋蛋，只為獲得壓制伊斯特的力量，對嗎？」

「……」聖蛋老人面無表情。

「最終，無力阻止蛋蛋變異的你，以超卓的實力戰勝了新生的伊斯特，卻又顧念舊情，不忍將其殺害，只好將伊斯特之卵分別送往世界遙遠的角落，寄宿在平凡世人的體內，維持一線生機，直至那人死亡，才又移植到另一人身上。」

兩顆伊斯特之卵，其中一顆在我的胯下，另一顆則潛藏在極隱密的世界一隅，另一個毫不知情的人身上。

接著，蔓延一千五百年的思念，纏綣一千五百年的眷戀，就這樣驅使著凡人之軀的男人成為活生生的神話。

時至今日，他仍未找到逆轉進化過程的方法，只好一面以復活伊斯特為號召組建黎布拉，一面又矛盾地藏匿伊斯特的睪丸。

漫長的寂寞中，極度渴望復見愛人的他，深知一見到愛人便必須將其斬殺的他，日夜在自己建立的牢籠裡反覆煎熬。

直到，繼伊斯特之後第二名新人類在我的胯下誕生。

極其諷刺的是，伊斯特的睪丸沒有復活，反而是我平凡無奇的另一顆蛋蛋在各種機緣巧合、陰錯陽差之下覺醒。

「你總該知道，伊斯特已經不是千年前臥病在床的那個女孩。」我看著聖蛋老人的眼睛：「即便伊斯特之卵復甦，站立於此的也不過是副無用的軀殼。」

聽到我的話，聖蛋老人仍沒有任何反應。

也許在漫長的歲月裡，他早已想透了自己所做的一切，也徹底接納了自己的任性。

好半晌，他才開口：「你沒這麼聰明。」

「沒錯，但聰明的大有人在。」我微笑。

分析所有資料、推測出一切緣由、並且制定計畫的人當然不是我。

在阿翔的猜想中，整個黎布拉不過是一個巨大的實驗室，將全世界最出類拔萃的蛋蛋聚集起來，供聖蛋老人研究蛋蛋進化的過程，並從中思考逆轉的方法。

聖蛋老人頷首，冷然道：「如果你們能再聰明些，就該知道絕不能喚醒歌莉亞。」

從他出現開始，彷彿就一心掛念著那個大到不尋常的蛋蛋。

「別緊張，只要我們同心協力，要制住歌莉亞絕非難事。」我說道。

聖蛋老人不置可否。

我侃侃而談：「想知道打倒歌莉亞的方法，有兩個選擇，其一是翻閱上古寶典《青囊書》，其二，就是我的這位朋友。」

我伸手指向阿翔，然而他卻沒有像約定好的一樣接過話頭，我只好清清喉嚨，說出阿翔告訴我的話：「除了安琪以外，人類的睪丸正常來說都是有兩顆的。即使是歌莉亞也不例外，她的弱點，就在比較小的那顆蛋蛋。要是摧毀掉小顆的蛋蛋，她就會因為遭受重創而死亡。

「歌莉亞能長成今天這個樣子，絕對不只是幾千年的功夫，其歷史恐怕比伊斯特更加久遠，眼下或許只有你知道她的弱點在哪。」我雙手一攤：「現在，能不能化解這場浩劫就看你願不願意說出來了。」

「荒謬！」聽完我的話，聖蛋老人嗤的一聲冷笑：「你真以為那個小鬼能夠憑著臆測猜想出歌莉亞的身世？」

「我從未見過比他更瞭解蛋蛋的人。」我驕傲地挺起胸膛，「怎麼？難道阿翔說的話有哪裡不對嗎？」

「對！怎麼不對！」聖蛋老人突然撫掌大笑：「但是你知道嗎？你現在看到的，就是歌莉亞比較小的那顆蛋蛋啊！」

「三小？」財哥皺眉。

我情不自禁地問：「那另一顆呢？」

「歌莉亞的另一顆蛋蛋，不是一直都在你面前嗎？」聖蛋老人伸出食指，指著上空。

夜空之中，明月高掛，熠熠生輝，令人目眩神迷。

「太……太豪洨了吧……」我目瞪口呆。

「沒錯。」他神情嚴肅：「歌莉亞的另一顆蛋蛋，有個常見的名字，叫做月球。」

「供三小啦?!」財哥又說了一次。

聖蛋老人眼神滄桑，深深的疲憊在蒼老的臉上擴散。

「我研究蛋蛋，已經有一千五百年的歷史。」

我愕然。

不論是誰，花這麼多時間研究蛋蛋，簡直是有病。

病得，令我肅然起敬。

「你有沒有想過，為什麼蛋蛋有兩顆？」聖蛋老人緩緩說道。

我很快回答：「這是大自然的保護機制，就如同腎臟、肺臟有兩份一樣，萬一其中一枚器官受損，另一邊仍能發揮作用。」

「是嗎？」聖蛋老人瞇起眼，接著說道：「讓兩顆睪丸暴露在危險的體外，甚至承擔彼此碰撞的風險，真的有利於物種的存活嗎？」

被他這麼一反駁，前陣子才在新人類提供的書堆裡臨時抱佛腳的我頓時語塞。

「你有聽過忒伊亞嗎？」聖蛋老人突然問。

「泰坦女神忒伊亞，古希臘神話中，月亮女神的母親。」我皺眉：「她跟歌莉亞又有什麼關係？」

聖蛋老人搖搖頭，悠然說道：「我說的忒伊亞，是科學家們所假設曾經存在過的遠古行星，直徑六千公里，曾經在四十五億三千三百萬年前跟地球發生碰撞。」

等等，沒頭沒尾的，你突然問跟我科普個什麼鬼啊？

聖蛋老人蹲下身，用手指在雪地上畫了幾個圈和圓弧，示意太陽系星體運轉軌道，他用兩根指頭代替地球與忒伊亞。

只見兩個指頭受到彼此吸引，越靠越近、越靠越近，然後終於猛烈地撞擊在一起。

突然之間，我的蛋蛋一陣抽痛。

「根據大碰撞學說理論，忒伊亞與地球碰撞後，大量重金屬沉入地球內部，形成現今地核的一部分，向外噴散的地殼碎片則聚集起來，形成了今日的月球，那次碰撞更導致地球自轉角度傾斜了23.5度，造成地球擁有一年四季的現狀。」

「那就是太陽系史上的第一次蛋蛋碰撞。」

我愣在原地。

再怎麼說……這也太……

財哥也是一臉啞口無言，吶吶說道：「我書讀得少，你別騙我。」

我當然無法接受，追問道：「可是行星的碰撞，怎麼會跟蛋蛋有關係？」

「因為實在是太痛了。」聖蛋老人一本正經地繼續講幹話：「就像人類踩到樂高、踢到桌腳的瞬間，內心會無可自拔地湧上恨意，其實是一樣的道理。」

「過於強烈的劇痛使得忒伊亞的碎片擁有了自己的意識，在太誇張的折磨下，她的恨意散布在整個太陽系。」聖蛋老人臉色沉重：「『總有一天，要別人也能體會這份痛楚。』抱持著這樣的想法，忒伊亞對這個世界下了詛咒。」

「任何用有知覺的生物，都將體驗蛋蛋相撞的痛苦，那是忒伊亞永恆的詛咒，也是人類的原罪。這就是世界上，哺乳類都擁有兩顆蛋蛋的真相。」

「而歌莉亞，就是地球碰撞瞬間誕生的『生物』，她的一部分埋在地核內，另一部分則漂浮在距離地面三十五萬公里的虛空中。」

這個消息太過震撼，良久良久，我都說不出話來。

我總算明白聖蛋老人對歌莉亞如此忌憚的理由。

萬物形成之初就存活的上古超兵器，星體等級的蛋蛋。

轟隆隆隆……

大地震顫，歌莉亞昂首看著天空，雙眼汩汩滲出血淚，她伸出蒼白的雙手，迎向身體的另一部分。

我雙膝癱軟，無力跪倒，看著天空中的月亮越來越大，一股超現實的凝重感凛然壓迫大地。

「要是歌莉亞的兩顆蛋蛋重逢……」我顫聲道。

「天地萬物，毀於一蛋。」聖蛋老人嘆了口氣。

「簡單來說，只要打倒那個大個子就行了？」財哥還沒反應過來。

「還不明白嗎？」聖蛋老人冷笑：「歌莉亞被喚醒的瞬間，就沒有任何事物能夠阻止了。」

「這……我是最進化的蛋蛋，應該可以叫她停下來吧？」我慌亂地道。

「你真的以為喚醒歌莉亞的是你嗎？」聖蛋老人輕蔑的道：「讓這個怪物甦醒的，是蛋蛋相撞所產生的痛楚啊！」

我身體輕顫，回想起阿翔一路走來所參與的慘烈戰鬥。

原來他嘔心瀝血的震蛋通迅，才是歌莉亞甦醒的主因。

「若非怕驚擾到歌莉亞，多年來我何苦在世界各地遊走，遠遠避開黎布拉？

事到如今，說什麼都已經遲了，也許這也是天命吧……」聖蛋老人向我跨近一步。

「……做什麼？」我隱隱有股不祥的預感。

「因為我的一己私慾，造就伊斯特的威脅在世上延續，我一直深感愧疚。」他的語氣仍然毫無起伏，彷彿敘說著一件芝麻小事：「大約五百年前，我發現了歌莉亞的存在，雖然沒有告訴任何人，卻下令黎布拉對其嚴加看守，幾百年來屢次有太空船想要登月，也都被我暗中干擾除去。」

這個深情的男人，一直用自己的方式在跟世界贖罪。

「再過不久，整個世界就要崩壞在忒伊亞的詛咒之下，既然如此，我所背負的冤孽，也可在此刻洗清了。」

「你想復活伊斯特？」我警覺地摀住胯下。

「見完這最後一面，不管後果如何，這個世界都不會剩下任何蛋蛋，伊斯特復活與否，早已不再重要。」聖蛋老人淡淡說道。

「真當我是好惹的麼？」我的蛋蛋冷笑。

噹。

聖蛋老人的蛋蛋交互碰撞，清亮的聲響在樹林中迴盪。

「噗！」我兩眼一黑，吐出一口血來。

「我……操你媽……」財哥腳步踉蹌，強撐著沒有坐倒。

「一千五百年了……伊斯特……我可憐的小鳥兒啊……」聖蛋老人一臉如釋重負，沉浸在自己的回憶中。

即使擁有最進化的蛋蛋，在這個男人面前，我與當初那個手無縛雞之力的肥宅並無二致。

我絕望轉頭，看向一動也不動的阿翔。

這個驚才絕豔的男人只算錯了一步，卻輸了所有。

此刻，我的內心沒有驚慌，沒有悔恨，只有對摯友深深的憐惜。

「阿翔……你醒醒啊……」我哽咽，兩行眼淚流下臉頰：「世界末日了……」

「高紈……」阿翔愣愣地回過頭：「我的世界已經死了。」

他沒有哭泣，只因他已失去流淚的理由。

也許對他來說，死亡會是更好的解脫，然而他卻不得不活下去。

氣絕的萱萱當然不會知道，她臨死前那句話，已成為束縛阿翔靈魂的強大枷鎖。

聖蛋老人兀自盪起蛋蛋，用力交擊。

噹……？

天地間，一股巨大的悲愴無限蔓延。

毫無徵兆地，阿翔出現在我面前，伸出食指，輕放在聖蛋老人的兩顆蛋蛋中間，阻止它們碰撞。

與聖蛋老人的風馳電掣相比，這種無聲無息的極速，已經不是驚世駭俗足以形容。

堅硬的蛋蛋夾擊下，阿翔的指骨瞬間粉碎，卻馬上被萱萱的蛋蛋治好。

聖蛋老人低頭看著滿頭白髮的阿翔，嘆道：「伊斯特，妳瞧，除了我以外，也有人走到了這一步。」

阿翔看著痊癒的手指，喃喃自語：「到了現在，妳還是放心不下我嗎？」

「跟他比起來，至少我們能夠再見一面。」聖蛋老人深呼吸，蛋蛋泛著金屬般的光澤。

「我是個胸無大志的人，這輩子唯一的期望，就是看妳快快樂樂的。如果要做到這點，非得成為最強……」阿翔站起身：「那麼，最強便最強吧。」

天上的月亮看起來又大了點。

遠方，潮汐受到引力擾動，驚滔駭浪開始吞噬海岸線。

末日前夕，兩個一往情深的男人不約而同露出微笑。

「伊斯特，該起床了。」聖蛋老人低頭，甩起堅勝金石、再怎麼碰撞都不會損毀的蛋蛋。

「萱萱，好好睡吧。」阿翔抬起頭，震動無限續命、再怎麼受傷都能立刻復原的蛋蛋。

兩副蛋蛋同時消失在我的視界內。

「他們說，你一次能射九支箭，甚至曾一口氣射落九顆太陽。」

「……」

「我今天才知道，原來你不只能射九箭。」

烈日當空，一望無際的曠野中，一名上身赤裸的男人端坐在巨岩上。

十個身影呆立在男人身後，他們是奉天子太康之命前來討伐篡位者的戰士，男女老幼、高矮胖瘦各自不同，卻有一個共通點。

他們的胯下都掛著中土最危險的武器。

然而此刻他們全都神色黯淡。

就在剛剛，男人只用了一次拉弓，就將十副奇形怪狀的陰囊釘在地上。

他們甚至連男人如何將箭搭在弦上都沒能看清。

十隻鐵箭鑲入地面，箭尾上的矢羽閃爍著烏啞寒光。

異常巨大的弓斜掛在男人的背上，殞鐵冶煉的弓身雕刻著有穹氏部族的圖騰，傳說中由麒麟筋搓製的弓弦足足有兩指寬。

弓名，射日。

這是柄震爍千古的神兵，有名字自然不足為奇。

奇的是，男子手上有支通體漆黑的箭，同樣也有個名字，叫做破月。

「有穹氏之王啊……」為首的老者槁木死灰，嘴唇發顫：「即便你無敵於天下，逆天而行，終將招致毀滅……」

男人似乎沒有聽見老者說話，甚至沒有朝他看一眼。

他只是凝視著天空，吐出一句話：「世上竟有這種妖孽。」

老者開口，似乎還想說什麼，卻突然瞪大眼睛。

在他面前，一箭破千軍、締造射日神話的男人將破月箭搭上射日弓，慢慢張開弓弦。

男人的身影好似突然變得巨大。

橫掃千山萬水的狂霸氣息不斷膨脹，然後瞬間縮凝在箭尖。
箭尖對準天空。
男子的眼神遲疑。
那一箭，遲遲離不了弦。

月白風清之夜。
豔冠群芳，清麗絕倫的女子，捧著七彩琉璃色的玉瓶，瓶口透出象徵死亡的黑色氣息。
她趁丈夫熟睡時竊出這瓶藥，遠走千里。
世人都說她貪圖長生不死。
只有她知道，瓶中所裝的是由應龍血、彩鳳淚、天蛇膽以及其他珍稀的物質調和而成的劇毒。
無論是誰喝下藥後，就能以性命為代價，飛升九霄。
她的丈夫已為蒼生付出太多，她捨不得。
「你非得去，我就替你去。」女子淚流，仰首飲鴆。
砰。

玉瓶落地粉碎。

人煙絕跡處，一只玉色蟾蜍升空。

巨靈神一般魁武的大漢雙目赤紅，渾身筋肉盤根錯節，巨斧在他手中揮舞翻飛。

「下來！跟我打！」

恐懼與憤怒參雜成矛盾的情緒，幾乎將他逼瘋。

巨斧宛若暴風，悍然劈碎大漢身遭的一切，卻怎麼也劈不碎他內心的惶亂。

夜空中，一輪明月緩緩凝視著他。

借助科技的力量，終於完成千古偉業、踏足祕境的男人，仍然無法相信眼前所看到的一切。

即使離怪力亂神的時代如此遙遠，他仍知道，要是人們發現長久以來高掛在空中的竟是這樣的怪物，世界將陷入災難性的恐慌。

他與一同遊歷大千宇宙的夥伴相視一眼，不約而同達成共識。

——唯有這件事，無論如何不能讓世人知曉。

「這裡是地面基地，阿波羅十一號請回報……重複，這裡是地面基地，阿波羅十一號請回報……」

對講機那頭，不斷傳出來自地面的殷切催促。

他的喉頭鼓動，良久良久，才能說出人類史上最大的謊言。

謊言的第一句話，所有人都耳熟能詳。

「我的一小步，是人類的一大步。」

他一直都在，一直都恨，一直都孤獨，一直都悲慟。

百年，千年，萬年，億年……

世上沒有任何一個人、任何一個妖、任何一個生靈能夠抵擋。

他是忒伊亞，宇宙最初的卵蛋。

這些都是在我往後旅程中所得知的歷史。

當時的我當然還不知道這些事，只是跪坐在原地，怔怔地看著空中大得有些嚇人的滿月，腦中反覆思索聖蛋老人的話，內心湧上一股奇異的感覺。

擁有兩顆蛋蛋，是一種詛咒？

不對，不該是這樣。

所謂的蛋蛋……

轟。

血紅色的雷霆從空中劈落，張牙舞爪的裂痕破開大地。

「跟得上嗎？」聖蛋老人蹲在自己製造的誇張裂縫中，淡淡地問。

「我還以為你睡著了。」阿翔不知何時已站在聖蛋老人背後，蛋蛋震動。

「看不出來我讓你？」聖蛋老人消失。

「看不出來。」阿翔消失。

噹噹噹噹噹……

響亮的蛋蛋交擊聲在空中響起，我虛弱地摀著胯下，強忍痛覺共情所帶來的痛楚。

聖蛋老人的蛋蛋大開大闔，剛猛無儔的勁風刮起漫天飛沙走石，阿翔的蛋蛋輕靈流轉，不斷在半空中騰挪橫移，轉眼間已經避過數十次開碑裂石的蛋蛋衝擊。

沉悶的爆響聲接連響起，落空的蛋蛋撞擊在大地上，天搖地動，山川悲鳴。

我在一旁看著，不禁駭然變色。

撇開進化的程度不談，我實在從未想像過有蛋蛋能強到這種程度。

僅僅倚賴最原始的撞擊，就能造成最恐怖的傷害，多麼純粹無瑕的強大。

兩人在我周遭疾走拆招，一個試圖從我身上奪回伊斯特之卵，一個不斷從中阻撓。

阿翔自忖接不了聖蛋老人的蛋蛋，只得專心用拳腳架開聖蛋老人。

比起過去用自己蛋蛋發動的震蛋通迅，不再疼痛的他此刻的身影更加靈動，身形移動間也更加毫無顧忌，蛋蛋幾乎是全程超頻震動。

然而即使如此，他還是被聖蛋老人給一面倒地壓著打，數度險象環生。

聖蛋老人之所以能夠成為黎布拉之首，並非因為怪物般的資歷，也不是因為淵博的學識。

單純就是因為那份不可思議的強大。

千年前如此，千年後亦然。

即使是擁有進化蛋蛋的我，也完全無法插手這場爭鬥。

突然間，一個想法閃電般衝入我的腦海。

——最進化的蛋蛋遠沒有他們強，也許只因蛋蛋進化從來就不是為了戰鬥。

「嘖……」財哥在我旁邊發出聲響，我這才想起他的存在。

他的衣衫早就被自己燒成灰燼，赤身裸體地坐在不遠處的焦黑木塊上，苦惱地皺眉。

比起即將落在地上的月亮，他似乎對於沒有菸可抽這件事更加感到煩躁。

「財哥。」

「嗯？」他百無聊賴地應了聲。

「你的蛋蛋……有跟你說過話嗎？」我有點尷尬地問。

「……」財哥表情一僵，搖了搖頭。

「原來最進化的蛋蛋會說話啊……」他若有所思地盯著我，看得我渾身不自在。

「真是個怪胎。」

不，用蛋蛋噴火的人才沒資格說我。

不過，原來是這樣啊。

強如財哥，也沒跟自己的蛋蛋說過話啊……

不遠處，阿翔陡然拉開距離，停在地面上。

他只是被對方的蛋蛋稍微擦到臉，整片頰骨就塌陷下去。

最美卵蛋輕輕一顫，阿翔身上的傷勢完好如初。

「放棄了？」聖蛋老人問道。

「不，是分析完了。」阿翔淡淡說道。

聖蛋老人面無表情。

「震蛋通迅的原理，是透過蛋蛋的震動強行驅使全身肌肉。」阿翔靜靜說道，白髮在空中飄揚。

他的蛋蛋嗡嗡嗡震動著，就像是情趣用品店裡的跳蛋。

「所有生物在移動的過程中，都難免晃動睪丸，每個蛋蛋都有其晃動的頻率，這個頻率是維持生物平衡活動的重要線索，要是蛋蛋晃動的頻率錯亂，可能連手腳都無法隨意使喚呢。」

突然間，阿翔的蛋蛋以詭異的節奏抽搐了一下，就像電視裡的雜訊一樣模糊扭曲。

「所以，只要掌握對方蛋蛋的頻率，就能做到這種事情。」

聖蛋老人眉頭一皺，蛋蛋突兀地交擊在一起，身子突地一陣踉蹌，往側面傾斜。

「透過共震破壞對方蛋蛋的頻率，進而影響目標對身體的掌控。」

阿翔瞬間欺近聖蛋老人。

碰。

堅硬的拳頭陷入聖蛋老人的五官，強悍的拳勁帶動頸部後仰，然後拉扯整個身體向後飛出。

交鋒以來第一次，聖蛋老人受到了實質上的傷害。

這一拳足足將他擊飛五十公尺，一時間躺在地上起不了身。

阿翔已來到他的頭頂，單腳重重踏落。

聖蛋老人手臂微抬，似是想要格擋，紊亂的蛋蛋卻讓身體一時無法動彈。

於是阿翔一腳將他的頭部踩入地面。

緊接著的，就是狂風驟雨般的幾十腳。

碰碰碰碰碰……

阿翔的蛋蛋猛烈震動，雙腿像打樁機一樣，瘋狂將聖蛋老人的整個頭部釘入地底。

好不容易逮著機會的阿翔，拚了命想抓住唯一的勝機。

我沒有動，財哥也沒有動。

也許是不知道該幫哪邊，又也許是不想打擾這場精彩的對決。

也不知道過了多久，肌肉疲乏的阿翔蹬腿的速度突然慢了一拍。

那幾乎只是十分之一秒的停頓。

噹。

聖蛋老人的蛋蛋掙脫共振的束縛，自胯下暴起，狠狠槌中阿翔的腹部，將其轟上高空。

阿翔嘔出一口鮮血，旋身落地，一手扶著寸寸斷裂的肋骨，倒退了好幾步。

擁有神奇治癒力量的蛋蛋散發出柔和的光暈。

十幾秒後，他才站得直身體。

聖蛋老人沒有趁勝追擊，靜靜站在原地，眼中竟流露出讚許的表情。

「原來如此。」

阿翔面色劇變。

金屬色的蛋蛋不規則震動，透過變頻混亂阿翔的蛋蛋，甚至反過來抓住阿翔蛋蛋震動的頻率。

壓倒性的經驗足以凌駕任何天賦，這個男人對蛋蛋的瞭解太深，一切招式在他眼裡看來，都只不過是能夠輕易模仿的技術。

他緩步走向動彈不得的阿翔。

「能夠跟我打到這種程度，也算難得了。」聖蛋老人漠然道。

剛剛那輪劇鬥過後，他的胯下竟兀自完好無損，多麼深不可測的蛋蛋！

我握緊拳頭，向前踏了一步。

「別……別過來……」阿翔嗓音嘶啞。

聖蛋老人緩緩走近阿翔，兩人之間的距離歸零，幾乎是面對面貼著對方。

阿翔努力睜大眼睛。

一道無堅不摧的燦爛金光猛然噴發，轟向阿翔胯下。

那已不只是世上最硬的蛋蛋，同時也是世上最硬的「物質」，彷彿擁有摧毀世間一切的力量。

金光摧枯拉朽地穿過阿翔胯下，強悍的威力持續暴走，在地面上刨開深深的溝壑。

我渾身顫抖。

阿翔能夠在這場懸殊的戰鬥中支撐到現在，全仰賴作弊一樣的治癒能力。

一旦最美卵蛋從根部遭到摧毀，他最後一絲勝算也將蕩然無存。

啪。

空氣中，發出宛若肉塊撞擊的清脆聲響。

「抓到你了。」

金光散去。

我目瞪口呆。

阿翔的蛋蛋……消失了？

並非被轟成煙塵，也不是縮陽入腹的內家功夫，而是千真萬確地憑空消失了。

「睪丸發動攻擊的同時，就無法使用震蛋通迅，共震也會失去效果。」阿翔鐵青著臉：「那一瞬間，你的蛋蛋慢了下來。

「與此同時，我的蛋蛋以前所未有的速度啟動，造成極大的速度差。從你的角度看來，我的蛋蛋就像消失了一樣吧？。」

我一愣，過去聽聞過的理論浮現在心頭。

——物體與觀測者間相對加速度巨大時，物體的線性度量會在運動方向上被縮短。

簡單來說，空間會因此扭曲。

相對論被拿來這樣用，愛因斯坦地下有知，一定也會感到十分欣慰吧？

「這招的名字，叫做『隱睪』。」

阿翔的眼神渙散。

失去最美卵蛋的加護，他只是個重傷的凡人，身心俱疲，搖搖欲墜。

但他的雙腿仍用力夾緊，向鐵鉗一樣死死嵌住聖蛋老人的蛋蛋。

聖蛋老人試圖抽回陰囊，他大腿用力，後臀上稜角分明的強壯肌肉隆起，蛋蛋卻紋絲不動。

那畫面太美，我簡直不忍直視。

筋疲力竭的阿翔巍巍伸手，按住聖蛋老人的小腹。

「然後……這招……」他闔上沉重的眼皮。

他的聲音逐漸微弱，直至完全靜寂。

「夠了……」我的眼眶一陣潮熱。

真的，很夠了。

早在很久很久以前，他就已經超越了自己的極限。

強忍著心中的傷痛，拚命到這種程度，任誰都沒有資格再說什麼了。

阿翔昏厥，黃金色的蛋蛋從兩腿間鬆脫。

會戰敗也是理所當然的事，他早就失去打勝仗的理由。

阿翔的身體向前傾倒，卻被聖蛋老人扶住。

我看著他，一股奇異的感覺湧上心頭。

明明連阿翔都戰敗了，真的到了萬念俱灰的田地，我卻完全緊張不起來。

聖蛋老人的面部線條彷彿柔和了許多，看上去就像個慈祥的老人。

也許對他來說，剛剛的過招連苦戰都稱不上。

在交手過程中，他至少可以讓阿翔死上七次，然而他沒有。

不但沒有下殺手，他還抱起昏厥的阿翔，走到我面前，向我拋出一個問題。

「最進化的卵蛋啊，你意識到了嗎？」

「意識到什麼？」我不自覺地回答。

聖蛋老人瞪著我的眼睛。

一貫冷漠的眼眸中，此刻竟燃燒著熱烈的期盼。

「對你來說，蛋蛋是什麼呢？」

CHAPTER 12
和平

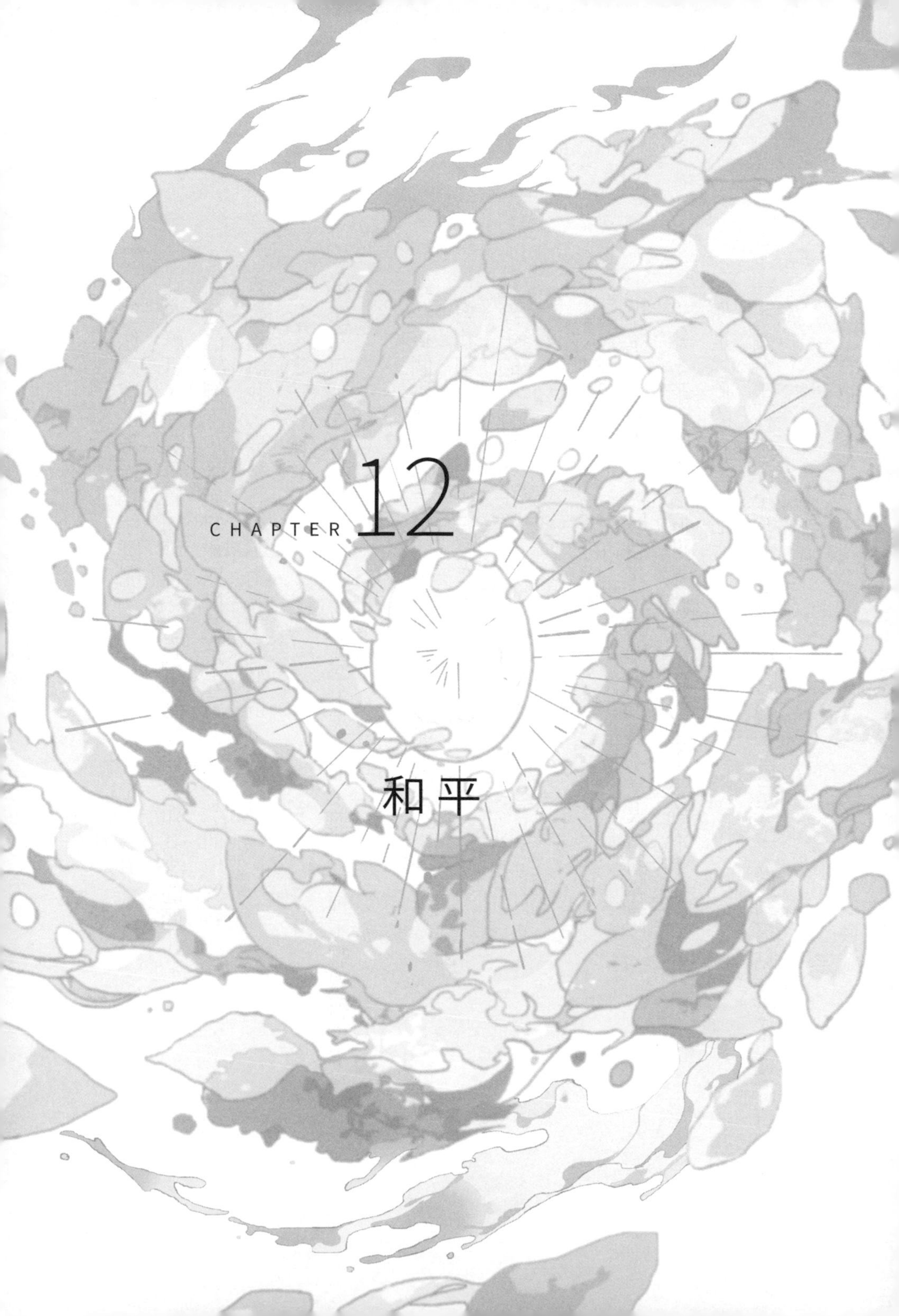

「對你來說，蛋蛋是什麼呢？」

渾身鮮紅、殺意蒸騰的戰神，對我拋出一個突如其來的問句。

阿翔已經倒下，毫無知覺地掛在敵人肩上。

直覺告訴我，要是答得不對，下一個倒下的就是我。

「我……」我低著頭。

不知為何，當時的我感覺到的竟然不是害怕，而是一種不想讓對方失望的侷促。

站在這個恐怖的老者面前，我竟完全恐懼不起來。

「對我來說……」我握緊拳頭。

這陣子的所有遭遇在腦海中跑馬燈般飛快閃過。

「蛋蛋的高度，決定你的高度。」

「掙脫自然的束縛，崩裂演化的枷鎖，這才是人類的強悍。」

「先知！革命吧！這個世界將由嶄新的蛋蛋來統治！」

「你是我們的希望，活下去。」

「不論發生什麼事，我都會來到妳身邊，就是為了做到這點，我才獲得這種速度的。」

「活下去，我們一起活下去。」

對我來說，蛋蛋到底是什麼？

是繁衍後代的器官嗎？

是並肩作戰的重要夥伴嗎？

是威力強大的兵器嗎？

是除之而後快的敵人嗎？

不，都不是……

胯下劇震。

一個火熱無比的想法突破重重霧霾，清晰地衝上我的心頭。

對我來說，一直棲息在胯下，陪我歷盡各種險惡苦難的蛋蛋……

我抬起頭，直視聖蛋老人的雙眼。

「蛋蛋就是我！我就是蛋蛋！」我粗著脖子大吼。

是啊，這麼簡單的道理，我怎麼會忘了？

打從一開始，蛋蛋就是人類的一部份啊！

聖蛋老人渾身一震，然後仰天大笑。

「哈哈哈哈！是嗎？是這樣啊！哈哈哈哈！」

他一直笑一直笑，笑得眼角都滲出淚來，淚水在臉上的皺紋中蜿蜒。

我的腦中思潮翻騰，久久無法平復。

人類自顧自心存恐懼，單方面將蛋蛋當作威脅。

事實上，人類出現至今兩百萬年來，蛋蛋什麼也沒有做，不是嗎？

蛋蛋從未傷害人。

一直以來，都是人在傷害蛋蛋，然後人也傷害人。

擁有神智的蛋蛋宛若新生的嬰兒，徬徨無依，不知所措。

「長達兩百萬年的歷史中，人類從未嘗試與睪丸溝通。」

聖誕老人終於止住笑聲，輕輕放下昏厥的阿翔。

「人們試圖從面相猜測命運、由掌紋窺探未來，卻從沒有想過至關重要的蛋蛋所隱含的意義。但你不同，你是人類史上首度與蛋蛋交流的案例。

「我太強了，太強太強了。」眼角細密的皺紋糾結，聖誕老人的聲音顫抖。

不是在說大話，他的蛋蛋之強，除了高懸在空中的不合裡存在，絕對稱得上是舉世無雙。

「我倚賴著自己的強，用暴力輾壓一切、用戰鬥追尋一切、用屠戮索求一切，卻竟然忘了，人類與蛋蛋，是共存共榮的存在，如果我能早些意識到這點，也許能夠拯救當初的伊斯特。」

他的蛋蛋堅硬強悍，卻也冰冷死寂，毫無生機。

無論是什麼形式的生命，在這種慘無人道的鍛鍊下都不可能存活。

「你是人類與蛋蛋之間相互理解的橋樑，是兩者和平共存的唯一希望。

「淨身師也好，黎布拉也好，由恐懼堆砌而成的力量，只能成就更多恐懼，而非實質上的和平。如果人類再不理解，遲早會面臨滅絕。

「這點，你不是早就意識到了嗎，先知？」聖蛋老人眨眨眼睛。

我一愣，想起在夢中看過的，人類與蛋蛋的全面戰爭。

——原來，那並非發生於過去的場景，而是未來的可能性，是由蛋蛋對人類發出的警訊。

人類與蛋蛋，不論勝利的是哪方，另一方絕無可能獨活。

「伊斯特她，比誰都要深愛著這個世界。」

聖蛋老人抬起頭，看著天空。

「飛禽走獸，花草樹木，這些都是身患重病的她無法接觸卻深深憧憬的存在。所以一直以來，我都守護著她所眷戀的世界。」

「你……你不打算喚醒伊斯特？」我問。

「伊斯特一千五百年前就已經死了。」聖蛋老人的語氣很平靜，我卻能在他眼中看見翻湧千年的深沉悲慟。

我胸中一酸。

「你說你要再見她一面。」

「是的，在這一切結束之後。」聖蛋老人仍說著我聽不懂的話。

「你……到底想做什麼？」

「對了。」他沒有回答，豎起一根手指：「我個人覺得，人的蛋蛋之所以會有兩顆，其實還有一個理由。」

「什麼理由？」我問。

「要是只有一顆的話，豈不是太孤單了嗎？」他露出悲傷的笑容。

彷彿回應著聖蛋老人，遠方歌莉亞張開雙手迎向天空，淒厲的悲鳴聲震撼天地。

我像觸電一樣渾身抖了一下。

「蛋蛋之所以會有兩顆，是因為他們也會感到寂寞啊！」我豁然開朗。

「中華文化裡的嫦娥、日本傳說中的輝夜姬、希臘神話裡的獵戶座……古今中外，幾乎每個文明都出現過陪伴月亮的存在，這全都是因為，忒伊亞無與倫比的寂寞極需安撫。」

「這個世界過於混亂，人們對於睪丸的恐懼已經到達巔峰，要不是我一直從中斡旋，即便忒伊亞沒有發難，再過不久，人類也會自行毀滅，所以我一直在等，等一個能夠接下這份責任的人。」

「安撫忒伊亞的方法……你……」我難以置信地張大嘴。

「這個世界可以沒有最強的蛋蛋，卻不能沒有聖蛋老人。」

彷彿是不想給我插嘴的機會，聖蛋老人滔滔不絕地說著。

「這個人必須掌握與整個世界對立的力量，又必須具備和蛋蛋相互理解的能力。

「這個人必須心懷對戰爭的畏懼，又必須擁有阻止戰爭的勇氣。

「這個人必須深諳蛋蛋的過去，又必須洞悉蛋蛋的未來。」

他深深看了阿翔一眼，又看著我。

「我過了很久才想通，這個人，不一定要是一個人。」

聖蛋老人脫下身上的鮮紅大衣，披在暈厥的阿翔身上。

在我眼中，兩個頭髮花白、面容憔悴的倔強身影，一時間竟重疊在一起。

我終於明白，為什麼還在臺灣的時候聖蛋老人會出現救我。

以及，為什麼他始終任由我與阿翔雙雙成長。

「阿翔沒有你強。」我不安地道。

聖蛋老人點點頭。

「我跟蛋蛋之間的溝通也遠遠稱不上理解。」我又說。

聖蛋老人又點點頭。

「那為什麼……」

「我沒有時間了。」聖蛋老人語氣沉重。

「山崩、海嘯、地震……這個世紀所發生的太多災難都指向忒伊亞的暴動，即使你們沒有喚醒歌莉亞，平和也無法維持超過十年。」

「可是……」我還想說些什麼，卻被聖蛋老人打斷。

「我已經……等太久了。」他的眼神讓我再說不了一個字。

這麼多年來，他都為了伊斯特喜愛的一切而活著。

終於有天，他能夠為其而死。

我又怎麼忍心再說甚麼？

「別擔心，要是真的發生了什麼事，還有他在。」他擠眉弄眼地朝我使眼色。

「要我當這些小鬼的保母？」財哥皺眉：「有問過我嗎？」

「他們不夠成熟，還有許多應付不了的敵人。」聖蛋老人嘴角揚起：「不然你去把那顆月亮打下來啊。」

財哥臭著一張臉，惹得聖蛋老人哈哈大笑。

沒想到個性肅殺的他居然也有這樣笑的時候，在他身上緊繃千百年的枷鎖此刻終於鬆脫，釋放出他原本的性格。

「至少自己留下的爛攤子要自己收拾吧。」聖蛋老人調侃。

「那個目中無人的淨身師小鬼，遲早有天被我燒成灰。」財哥冷哼。

一個怒目而視，一個笑容滿面，卻都是為了掩飾內心的奇妙尷尬。

原來煸還沒死啊。

想起那股打從靈魂深處蔓延而出的瘋狂，我不禁打了個冷顫。

我還有太多問題想問，一時間卻不曉得如何開口。

似是看出了我的疑惑，聖蛋老人淡淡一笑道：「其實，真的到了那裡後會發生什麼事我也不知道，你也不必急著知道。」

「畢竟，也許再過不了多久，就會輪到你們其中一人。」

我一愣。

的確，即使強如聖蛋老人，亦無戰勝忒伊亞的可能。

總有一天，下一次歌莉亞甦醒的時候，會輪到我或者阿翔到月亮上，陪伴寂寞到發瘋的巨大睪丸。

這是一份很重很重的責任。

重得，我一點都不想扛。

可是我想起萱萱、想起曉玟、想起阿良，卻不得不點點頭。

這個世界上，已經不需要再有由蛋蛋釀成的悲劇。

一直以來，我都相信船到橋頭會自然直，那只不過是因為我從來沒有站在船頭看過。

這一次，終於輪到我來掌舵了。

聖蛋老人欣慰地拍拍我的肩膀，轉身向財哥點頭致意。

「將你瞞在鼓底這麼久，真是抱歉啊。」

財哥無所謂地聳聳肩，說道：「準備好了嗎？」

「我準備好，已經有一千五百年了。」

「真遺憾，到了最後還是沒有跟你分個高下。」

「如果是我對上煽將，絕對不會讓對方逃跑。」聖蛋老人抖抖雪白的眉毛。

「你用不著激我，我也不會讓他傷到這兩個小鬼。」財哥忍不住咧開嘴。

兩個當世最強的蛋蛋，心照不宣地看了彼此最後一眼。

聖蛋老人轉過身，天底下最硬的蛋蛋用力交擊。

噹。

「伊斯特……我終於找到了……能夠繼承我意志的下一任聖蛋老人……」

老人闔上疲憊的雙眼，語氣中充滿解脫的快慰。

「我們終於……可以見面了……」

噹噹噹……噹噹噹……

下雪了。

雪花寧靜地飄落在滿目瘡痍的大地上。

耀眼的黃金色蛋蛋不斷上升再上升，然後化作一點金芒，消失在天際。

依稀，那首童謠仍在我耳邊迴盪。

「Chinko bell, chinko bell, chinko all the way……」

一切都結束了。

一切卻也才剛剛開始。

大地停止躁動，海面恢復平靜，夜空中明月仍然高掛，彷彿前夜的亂象只是幻夢一場。

沒有天文學家能夠解釋月亮為什麼會突然偏離原本的運行軌道，又毫無理由地回歸。

我再次回到歌莉亞身邊時，隆起的小山上開滿了數以萬計的粉紅色蕈類，地面上層層疊疊覆蓋著粉紅色的孢絲，彷彿整個山體都被溫柔地擁抱著。

安琪會成為最之卵蛋並非偶然，聖蛋老人早就安排好了一切。

失去大量養分的歌莉亞再度沉沉睡去，身體維持著雙手朝天乞求的姿勢，化為古老的石灰雕像，只是雕像旁多了個可愛的小女孩雕像緊緊依偎。

女孩的眼角似乎掛著淚，嘴角卻微微揚起。

她們兩人都得到了永恆的陪伴，誰也不用再獨自承受無盡的孤獨。

我將曉玟的屍體葬在雕像旁邊，誠心希望三人能夠好好相處。

曉玟死後，失去虛假領袖的新人類集團作鳥獸散，僅剩少數成員仍在世界角落活動。

神出鬼沒的尤努柯斯沒有現身，我仍然能感覺到他們永遠都在陰暗處舔舐爪牙，伺機而動。

淨身師沒有對煽的行為做出任何回應，《青囊書》遭竊一事不了了之。

黎布拉的貴族們死了個乾乾淨淨，城堡也被大火燒成廢墟，算是徹底覆滅。

對此財哥倒是一點也不內疚，說要回家看看許久不見的女兒，暫時失去聯絡。

幾個禮拜後，阿翔從昏迷中甦醒，平靜地聽我講完事情的始末。

他的眼中沒有一點情緒波動，彷彿對世間一切再也起不了一絲興趣。

他變得陰沉、冷漠，幾乎沒再說過話，只有偶爾摸著胯下的蛋蛋時，瞳孔才會閃過一抹溫柔的神采。

因為萱萱死前那句話，他必須活著。

活著，總得找事做。

他姑且穿上了聖蛋老人留下的鮮紅大衣。

於是眉髮雪白的鮮紅身影仍然在世界各地來回穿梭。

你問我？

我暫時接管了所剩無幾的新人類，將沉重的使命從北國雄偉的城堡，挪到臺灣肥宅的小房間，成天跟一堆奇形怪狀的睪丸相處。

也許是大戰中精力耗盡，我的蛋蛋陷入沉寂，安穩地沉睡在胯間，怎麼搓揉都沒有反應。

他需要時間，我願意等。

我一方面嘗試喚醒自己的蛋蛋，一方面推敲世界各大勢力的局勢動向，笨拙摸索著虛無飄渺的和平。

偶爾，我也會尋找世界各地的奇異卵蛋，將其納入新人類團體，希望能善用他們天賦異稟的睪丸，為世界和平添一份助力。

喔，對了，這就是我寫這個故事的目的。

故事終於說到這裡，不曉得各位還記不記得，最一開始，我問的那個問題。

——你，有好好看過自己的蛋蛋嗎？

——《蛋蛋的高度》完

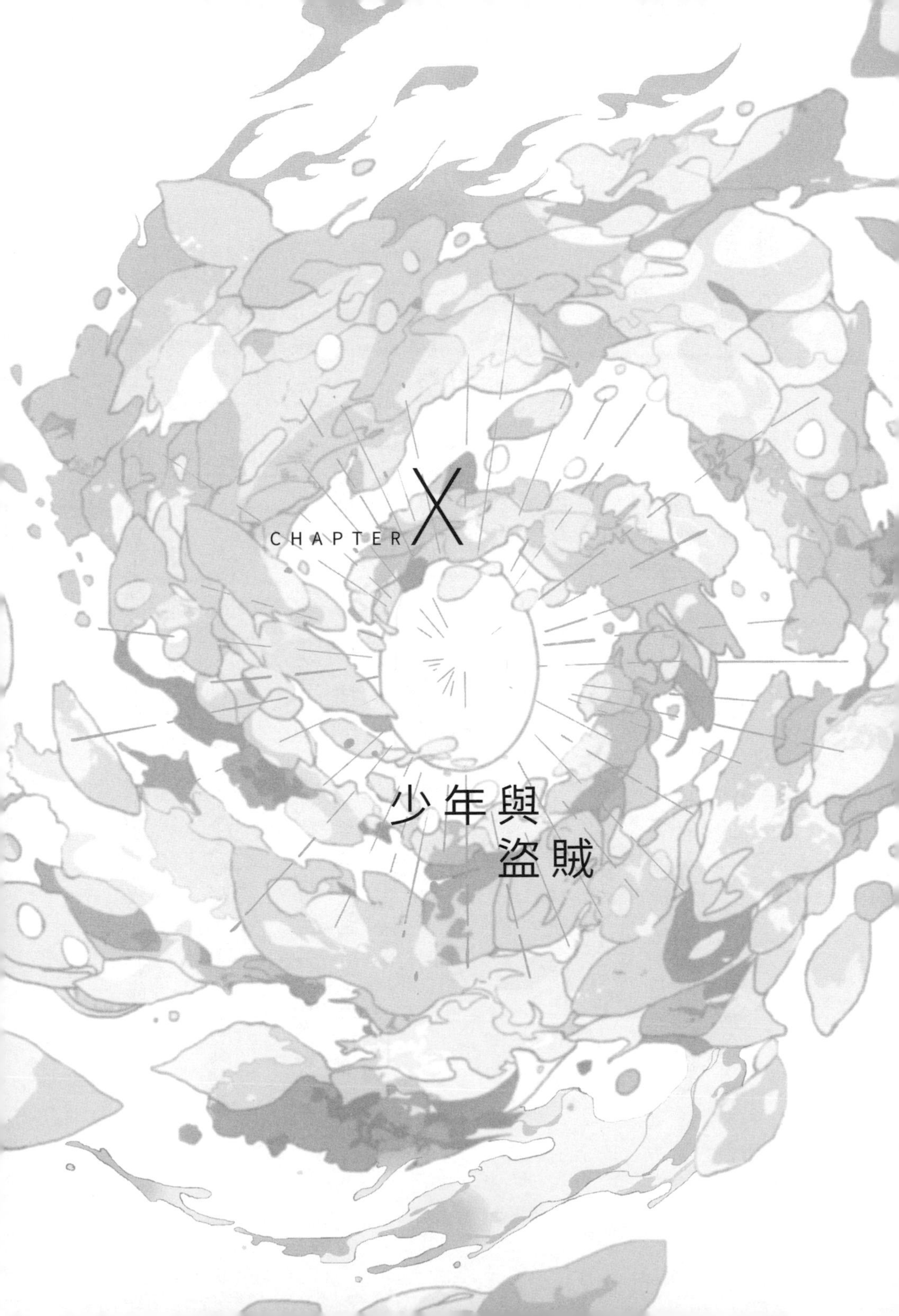

CHAPTER X

少年與盜賊

「威廉伯爵，前皇家騎士團成員，下盤穩固，防守嚴實，若能碎其膝、斷其踝、毀其平衡，就能在對陣中取得極大優勢。

「柳無痕，江洋大盜，身手敏捷、行動飄忽、來去無蹤，下刀前斷其腳筋，縛住四肢為佳。

「馬家二少腎虛體弱，閹割後宜上藥止血，並將斷根冷凍保存，避免腐敗。

「薩德爾，前盜懶集團菁英成員，技術全面，實戰經驗豐富，行事果決狠辣，無明顯弱點，委託人若無指示活口，殺掉後再動刀較為保險。

「今日藏書閣已至熄燈時間，眾將請回，明日恭候大駕。」

淨身是一門大學問。

活生生把性器從人體割離，本身就是一場危及性命的高風險賭注。

受割者必須簽訂生死狀般的契約，有時甚至得找來其他家人簽署字據擔保，承諾將來不能挾怨報復刀匠。

手術得在合適的季節執行，天氣不能太冷也不能太熱，避免傷寒或蚊蠅孳生。地點必須選在密不透風的房間，用紙糊住房中的每道窗，隔絕病菌。動刀前受割者尚須絕食數日，以防排泄物感染。

遇上有點經驗的刀匠，下刀前先餵一碗大麻水麻醉；沒有概念的窮苦人家，嘴裡咬著木條，四肢縛在床柱上，找人按住身體，糊里糊塗地就下刀了。運氣壞的也許在手術中就感染送命，運氣好的術後還得綁在床上，斷水三天，待傷口癒合後才算大功告成。

若非真的窮到無路可走，或是胸懷遠大抱負，一般人是不會自願選擇淨身的。然而有淨身師操刀的情況就完全不同。

從華陀《青囊書》傳世以來，淨身師始終掌握著最頂尖的閹割技術。他們技藝精湛、行事俐落，提供最安全無痛的閹割服務，自然也收取最昂貴的酬勞。

在古代，他們地位尊崇，並且自視甚高，只為帝王親信、富貴人家或高官權貴等人服務。

隨著帝制崩解，太監文化逐漸走向歷史，淨身師卻沒有因此式微。相反的，失去了皇權的束縛，淨身師一族將自己的地位抬升至近乎信仰的程度。

傳子不傳徒的傳統使這門古老的職業演變成一個古老的家族，將這項獨門絕活代代流傳。

與龍蛇雜處、組織鬆散的盜懶叫集團相比，他們紀律繁雜，階級嚴明。

淨身師只接受來自世界各地權貴政要的委託，他們出手光明正大，從不偷施暗算。只要委託人身分得到認可，並付出相應代價，淨身師能夠擔保取走世界上任何一個人的性器，不論受割者是否願意。

他們專業、優雅，並且高貴。

盜懶集團不屑於自命清高的淨身師，淨身師也不齒於賤賣技藝的盜懶集團。

除卻理念之外，要說這兩個組織最大的不同，還是得回到《青囊書》。

這本流傳數千年的古籍，經過歷代煽將研究、補全、優化之後，龐大的資訊量已經膨脹到「書籍」無法容納的程度，成為一種「概念系統」，或以文字、或以影像，或口耳相傳，以各種形式儲存於藏書閣中。

由不同年代、不同語言、不同煽將所記錄下來的訊息，已經複雜到常人難以閱讀。

所以需要像安彤這樣的轉譯者，他無法掌握青囊書中的技術，卻能夠協助查詢、解讀書中的資訊，讓每個有所求的淨身師能夠帶著自己想要的知識離開。

從安彤呱呱墜地的那刻起，青囊書就是他的全部，他三歲能言，五歲識字，七歲入藏書閣，十二歲正式成為青囊書轉譯者。

從此之後，他過著無比規律的生活，每日清晨五點起床洗漱，研讀青囊書至中午。用膳後沐浴更衣，薰香醒神，靜候開閣。

按淨身師族規，下午一點過後，有任務在身的族人得以入閣「查閱」青囊書，其實就是與轉譯者商談。轉譯者必須負責回答族人提出的各種問題，包含了解目標的特性、分析適合的手法、評估可能的風險等等。

藏書閣六點準時熄燈，除轉譯者外所有人都必須出閣，安彤也得以休息。

就像這一代的其他幾十個轉譯者一樣，他一直過著不諳世事，衣食無缺的生活。他就像一本書，供人檢視、翻閱。

直到那個粗獷的男人出現。

在那個絕不算月黑風高的夜裡，這個本事絕不算高明的男人，理所當然地走進了淨身師的藏書閣。

一隻傷痕累累的手將熟睡中的安彤搖醒。

「跟我走。」這是銘塵對安彤所說的第一句話。

安彤看著陌生的男人，默默起身，他甚至沒有問為什麼，他這一生都負責回答，從未發問。他所受到的教育就是不帶質疑地滿足來到藏書閣的任何人。

他甚至按照銘塵所說，帶上了那陣子正在閱讀的青囊書卷軸，那只是青囊書中極小的一部份，卻已是無價之寶。

誰都想不到，一個毫無修為的凡人能夠輕鬆踏入這塊聖域。

也許就是因為答案太過簡單，反而沒有人能夠明瞭。

數千年來，淨身師的威名讓整個江湖退避三舍，這裡高手如雲，任何有點本事的人一旦踏入門內，上百名淨身師就會感應到他的氣息。也因此心高氣傲的族人從未想過派人鎮守藏書閣。

也因此，毫無本領的銘塵能夠大搖大擺地走這裡，並且大搖大擺地離開。

他走路的姿勢很特殊，跟普通人不同，卻又與閹人有所區別。

安彤很快就依據自己的知識判斷出銘塵是二茬。

所謂的二茬，就是受割的時候，刀匠或技術不全、或刻意為之，留下了一點殘根，休養後復又生出的一小截的畸態陽具。

銘塵說自己是盜懶集團的成員，言明想借青囊書一用，用畢一定恭送轉譯者回族。

安彤當然知道他在說謊，青囊書中記錄了許多淨身師與外人交手的歷史，對盜懶集團的描述自然不會少。憑這個紅髮男子的身手，也許連最簡單的委託都無法完成。

其實銘塵這麼說只是為了安撫轉譯者，他原先的計畫是讓這個男孩解讀完青囊書後，便將其殺掉滅口。

奇妙的是，安彤完全沒有想過要逃跑。

他只是一本書，淨身師要拋棄便拋棄，想奪回就奪回，輪不到他做決定。

而且，銘塵看安彤的眼神跟所有淨身師都不一樣，當他看向安彤的時候，安彤第一次覺得自己正被人看著。

他的眼裡包含著某種炙熱的情感。要到很久以後，安彤才明白那是恨。

是的，安彤是被恨著的，但恨著也好，恨著也很好。

因為人不會恨一本書，只會恨另一個人，一個有血有肉的人。

出生以來頭一遭，安彤覺得自己被當成人類對待。

一年多以後，他才在與銘塵相處的片段對話中拼湊出這個男人真正的來歷，他成為二茬的理由。

他遇襲的那天，正與戀人攜手在河邊漫步。

猝不及防的血花在胯下綻放，下手的人是一名初出茅廬的盜懶集團成員。

在戀人驚愕的目光中，銘塵出於自衛本能將對方的頭壓入河底，當場勒斃了那名技術不精的凶手。

幾天後，戀人不斷說著道歉的話語，神色愧疚地離開了他。

胯下的傷口在一個月後就癒合，而他心底的傷殘已經成為永世不滅的疤痕。

銘塵從此偏執地憎恨著這個世界。

他於是假扮成盜懶集團的一員，踏入這個世界的陰暗面，將自己浸泡在血腥暴戾之中，他畢生的宿願就是對破壞自己人生的盜懶集團復仇。

「不可能。」安彤給出最理性的分析：「據我所知，憑我們兩人的能力，沒有任何一種方法能夠摧毀那麼龐大的組織。」

「是嗎？」銘塵不以為意地說道：「那麼據你所知，有多少人能夠闖入淨身師藏書閣？」

安彤默然。在他所熟稔的歷史中，的確只有寥寥數人曾經潛入這個古老世家的核心，他們全是身懷藝的奇人。

「平凡人無法闖入淨身師藏書閣，但我不一樣，我不是人，是一隻蛆蟲。」

銘塵笑得猙獰：「那些高手的眼睛都長在頭上，沒有人會提防一隻蛆蟲。」

他沒有過去，沒有來歷，沒有特殊的本領，有的只是近乎執念的怨恨。

「沒有人能夠提防一隻蛆蟲。」銘塵冷笑，眼中燃燒著熾熱的恨意：「沒有蛆蟲進不去的地方，沒有蛆蟲無法腐蝕的組織。」

幾年過去，他們在世界各地遊歷，偶爾也冒名參與盜懶集團的任務。

完成任務從來就不是他們的考量，他們的目標只是狩獵參與任務的盜懶集團成員。

銘塵的打鬥方式完全是在實戰中習得，在得到安彤的幫助前，他經歷過無數次死裡逃生的惡鬥。他只對有把握的目標下手，或灌醉、或下藥、或偷襲，無所不用其極地殺掉所有與盜懶集團有關的人。如他自己所說，他就像一只蛆蟲，緩慢地蛀蝕著龐大的盜懶集團。

安彤出現後，一切都改變了。

銘塵擁有了最頂尖的淨身師知識，卻沒有淨身師綁手綁腳的自負心態，破壞力大大提升，甚至好幾次藉由青囊書裡記載的知識殺掉盜懶集團的幹部。

這幾年的生活中，安彤也漸漸忘卻了在藏書閣的生活。

他畢竟正值天真爛漫的年紀，外面的世界打開了他豐沛的情感，他對周遭的一切都感到好奇，覺得生命是無限美好的。

在他眼中，銘塵彷彿無止境地在追逐著什麼，持續一次又一次無意義的殺戮，彷彿每殺死一個盜懶集團成員，失去的尊嚴就能回復一點點。

安彤不在乎，他只要跟著銘塵就能獲得滿足。

也許連安彤自己都沒有察覺，他已經對這個闖入自己枯燥生命的男人生出了異樣的情愫。

銘塵像是他的父親，他的兄長，又像是他的戀人。

他對情愛全然不瞭解，自然也沒有細想。

他不知道一個同性戀愛上異性戀注定無法迎來歡快的結局，他只知道自己甘願成為銘塵的一本書，甚至成為銘塵的一把刀。

在銘塵的帶領下，安彤學會了很多東西，以往在藏書閣時，生活起居都有下人照料，很多事情他都是第一次體驗。

他第一次體會飢渴，所以也第一次享受飽足。

他第一次感受寒冷，所以也第一次知曉溫暖。

他第一次經歷勞累，所以也第一次享受休息。

他第一次擁有陪伴，所以也第一次害怕失去。

前所未見地，安彤開始做惡夢。夢裡四周一片銀白，銘塵躺在地上，睫毛上凝著霜，凍得發白的嘴唇開開闔闔，像是想說些什麼。

他無數次在深夜驚醒。

據銘塵「盜出」安彤已過三年，江湖上未曾聽聞淨身師派人追查青囊書的消息，也許區區一個轉譯者對龐大的家族來說微不足道，又也許好面子的淨身師不願承認青囊書遭竊的醜聞。

又過了幾個月，他們再次參與盜懶集團的任務。在一艘航向芬蘭的小船上，兩人事先服下解藥，並且在夜間放出了毒氣，兩個盜懶集團的成員糊里糊塗在睡夢間變成屍體被扔進海裡。

剩下一個警覺心較高的男人即時屏住氣息，在甲板上展開反攻。

他是經驗豐富的老字號盜懶集團成員，外號覆巢。

覆巢抽出寒光閃閃的鍊刃迴旋甩動，鋼鍊末端的鋒利刀刃在高速旋轉下產生驚人的破壞力，險些掃斷安彤的鼻樑。

銘塵抽刀上前，只聽得噹一聲響，短刀已經被鍊刃擊飛。

唰！鍊刃劃破銘塵的褲襠，射破甲板。

「你……」覆巢沒有料到銘塵的性器已失，一擊落空，露出驚訝的神情。

「動手！」銘塵大喝。

安彤聞言迅速奔船桅，他老早就用青囊書分析過這個老練的對手，並且將船桅鋸開了三分之二。

他高高躍起，半空中用力拉動帆繩，利用體重拉斷搖搖欲墜的船桅。

粗大的木柱吱嘎倒下，橫掃整個戰場的鋼鍊很快纏繞在木柱上，失去至關重要的旋轉速度。

覆巢小臂上青筋暴突，猛然一扯鋼鍊，竟用不可思議的蠻力將船桅絞斷。然而這一發力讓他不慎吸入毒氣，他只覺眼前一黑，待不得運氣調息，銘塵已將短刀釘入他的後頸。

這場僅持續十餘秒的激戰幾乎將船身解體，劫後餘生的兩人坐倒在殘破的甲板上喘息。

失去船帆的小船隨著海浪漂流，幾個小時後終於逐漸靠近芬蘭海岸。

按照慣例，他們應該上岸找一艘船，捏造一個良好的藉口，回到組織匯報任務失敗。

但這次銘塵有了不同的想法。

「前幾週，集團又來了十幾個新人。」銘塵站起身，從覆巢的後頸抽出短刀，在褲子上擦拭黏膩的血垢，若有所思地開口。

「他們很弱。」安彤直言，他完全不認為那幾個初出茅廬的菜鳥能對兩人造成威脅。

「盜懶集團的人數在增加。」銘塵搖搖頭：「不論我殺了多少，他們的成員只有一天多過一天。」

安彤默然，他早就提醒過銘塵的不切實際。

「這次的任務是盜出黎布拉的聖女。」銘塵的聲音隨著海浪起伏：「你怎麼看？」

「很危險。」安彤指了指覆巢的屍體：「集團判斷這次任務需要五名成員才能完成，我們已經殺掉其中三個，包括最厲害的那個。」

「集團不知道青囊書的事。」銘塵踢了屍體一腳，問道：「你的判斷呢。」

「……必須避開最之卵蛋。」安彤咬牙，這是最幸運的情況。對他來說，弱小的他們安穩地生活，偶爾殺掉同樣很弱的盜懶集團成員，低調行事、苟延殘喘地寄生在盜懶集團中才是上策。

「如果不避開呢？」銘塵卻問。

安彤不解。

「你想想看，幾年前『盜懶集團』從淨身師那邊偷走了青囊書。如果在這個節骨眼上，『盜懶集團』又闇掉一名最之卵蛋……」

「……那麼有很大的機率，淨身師與黎布拉會聯手圍剿盜懶集團。」安彤把話說完。

但有更大的機率，兩人會直接在閹割最之卵蛋的過程中喪生。

「那樣的話，就是一場戰爭，一場能夠損毀盜懶集團根基的戰爭。」銘塵點點頭。

小船撞上了淺礁，船身輕輕一震。

「我們去黎布拉走一趟吧。」銘塵跳下船頭。

安彤嘆了口氣，他知道銘塵心意已決。

那天夜裡，他們見了委託人，並且冒著覆巢的名號接下任務。

隔日，他們利用青囊書的力量與委託人聯手擊敗了駐守在黎布拉內的最韌卵蛋，卻在離開的途中遭遇了最燙卵蛋林旺財。

兩人趁著林旺財追捕聖女的間隙逃過一劫，然而在冰天雪地中，缺乏物資的他們找不到地方安頓，只得前往新人類的據點，順便索取任務的報酬。

不料新人類那個濃妝豔抹的女人輕鬆看破了兩人的來歷。

她靠在安彤耳邊，輕聲說道：「告訴你一個連黎布拉都不知道的獨家消息，你哥哥來找你們了。」

安彤想起那個熟悉的身影，一切恐懼與不安夢魘一般湧上心頭。

煽是無庸置疑的天才，所有淨身師都明確地知道這點。光是「千年來最年輕的煽將」這個稱號，就足以讓他在重視榮耀的淨身師一族中穩穩立足。

安彤作為青囊書的轉譯者，同時也是煽的胞弟，比誰都更要理解煽的強大。絕大多數人不知道的是，煽一次也沒有踏入過藏書閣。這個年輕煽將的數百場傳奇性戰役，全都是靠著驚才絕豔的天賦以及妖異的戰鬥直覺獲勝。

淨身師大都瞧不起盜懶集團，但煽不同，煽是打從心底瞧不起所有人。他認為高貴的淨身師要查閱積累千年的智慧才敢戰鬥簡直就是笑話，而各大勢力多年來的對峙宛如一場愚蠢的鬧劇。他要靠自己的雙手顛覆由懦弱者維持的平衡。

安彤窮盡自己腦中所有的知識，都找不出從煽手底逃生的方法。

他滿腦子只想著逃跑，很快說服銘塵放棄收取報酬，連夜離開新人類的據點，往海邊狂奔。

他們在樹林裡疾行，只見空中一道流焰劃過，遠處發出劇烈的爆炸聲響。

安彤知道煽與林旺財這兩個絕頂高手正在交戰，這是千載難逢的好機會，他不只一次在心底祈禱，煽能夠在這場勢均力敵的戰鬥中殞命。

那是一場驚天動地的惡鬥，遠在百里開外，他們都能隱約感受到懶葩火散發出的熱度，以及煽割裂大地的狂暴氣流。

那場戰鬥以煽的敗北告終，生平未逢敵手的煽首度體驗落荒而逃的滋味。

財哥為了應付黎布拉即將發生的劇變，留守在原地，又一次任由對手逃離戰場。

他們離海邊只剩下最後一個小時的路程，那裡有他們事先安排好、用來接應脫逃的船隻。煽卻在最後一刻像野獸一樣循著氣味找到了安彤。

巨大的危機感降臨。

「不要！」安彤感受到銘塵露出殺氣，緊張地大叫。

銘塵臉色猙獰，反射性握住短刀刀柄，卻在刀鋒離鞘前整個人從左肩到右腰被劈成兩截。

一切都發生得如此突然，安彤完全沒看清煽是如何動手的。

他只覺得背後一輕，揹在身後的青囊書卷軸瞬間不知去向。

回過頭的時候，銘塵已經倒在血泊之中。

過程中煽沒有說出一個字，甚至沒有回頭看自己的弟弟一眼。

先殺銘塵再奪青囊書對煽來說只是一個隨手的舉動，彷彿從地上撿起一枚銅板那樣輕描淡寫。

於安彤而言，卻是整個世界的崩壞。

「啊……啊啊……」安彤驚慌失措地跪在銘塵身邊，努力搜索腦中所有醫療救治的知識。

他愣愣地看著夜空，臉上寫滿迷茫。

宛若裝滿糖果的布袋破裂，銘塵體腔內的臟器亂七八糟撒了一地。

他胸中那股滔天仇恨，彷彿正隨著血液傾瀉在雪地裡，迅速流失。

他突然感覺到冷，顫巍巍伸出手

「我、我在！我在！」安彤抓住銘塵的手。

銘塵的雙眼緩緩失去焦距，蒼白的嘴唇奮力吐出話語：「小……小雅……」

安彤胸口一緊。

「妳為什麼要離開我？妳知道嗎？就算不能生育，我也一定會好好對妳，絕不會讓妳流一滴眼淚……小雅？小雅？妳在嗎？」

安彤突然感到無法呼吸，他第一次聽見銘塵用這麼溫柔的聲音說話。

可他叫的是卻另一個人的名字。

「我在。」他牢牢握緊銘塵的手。

「小雅？是妳嗎？」銘塵的聲音逐漸微弱。

「是我。」安彤咬破了自己的嘴唇。

「妳……妳還是回到我身邊了……哈、哈哈……」銘塵傻笑，長久以來籠罩在臉上的陰狠戾氣一掃而空，終於斷了氣。

直到死前，他都沒有叫過安彤的名字。

安彤張大嘴巴，一手緊緊揪著胸口。

好痛。

他從未感受過這痛楚，彷彿身體就要由內而外被撕開。

他明白銘塵始終惦記著舊情，他當然也明白，自己在銘塵心裡的地位也許還不如自己先前背著的青囊書。

只是，他在內心深處一直悄悄地期盼，也許在遙遠的某天，盜懶集團真的滅亡之後，這個男人會轉過身來，真真正正地看自己一眼。

「啊……啊啊……啊啊啊啊……」安彤掩住自己的臉，指甲因為用力過度刺入臉上的肌膚。

離開藏書閣後，他才開始擁有自己的情感，算算也不過三、四年時間。也因此他的情緒如同孩童一樣簡單純粹，並且強烈。

一股鑽心的、灼人的焰火，由內而外焚燒。

銘塵只教會他一種情緒，所以他只會用一種情緒來宣洩自己的悲慟。

那就是恨。

純粹的、濃烈的恨意。

巨大的仇恨淹沒了這個男孩，充斥他身心的每一寸。

「啊啊啊啊啊啊啊……」

安彤徒手挖爛了自己俊秀的臉龐，刨出了自己的雙眼。

過去，他為了銘塵從一本書成長為一個人。

現在，他願意為了銘塵從一個人蛻變成一頭魔。

青囊書的片段資訊在腦中衝撞，彷彿要將他的腦袋撐裂。

十幾年來在青囊書的薰陶下，他腦中沉澱了無數的戰鬥技術碎片，終於在此刻結晶，全身上下湧現出源源不絕的力量。

他身上畢竟流著淨身師的血。

「啊啊啊啊啊啊啊啊啊啊！！！」安彤發出淒厲的哀號。

令各大勢力頭痛百年的瘋魔就此橫空出世。

他心底除了漆黑的仇恨，就只剩下銘塵生前的願望——殺光盜懶集團的每一個成員。

——外傳〈少年與盜賊〉完

高寶書版集團
gobooks.com.tw

新視野New Window 201

蛋蛋的高度

作　　者　二師兄
繪　　者　小猫猫、mine
主　　編　謝夢慈
編　　輯　林雨欣
美術編輯　林政嘉
內頁排版　彭立瑋
企　　劃　游鈞嵐

發 行 人　朱凱蕾
出　　版　英屬維京群島商高寶國際有限公司臺灣分公司
　　　　　Global Group Holdings, Ltd.
地　　址　台北市內湖區洲子街88號3樓
網　　址　gobooks.com.tw
電　　話　(02) 27992788
電　　郵　readers@gobooks.com.tw（讀者服務部）
　　　　　pr@gobooks.com.tw（公關諮詢部）
傳　　真　出版部　(02) 27990909　行銷部 (02) 27993088
郵政劃撥　19394552
戶　　名　英屬維京群島商高寶國際有限公司臺灣分公司
發　　行　英屬維京群島商高寶國際有限公司臺灣分公司
初版日期　2020年1月

國家圖書館出版品預行編目(CIP)資料

蛋蛋的高度 / 二師兄著. -- 初版. -- 臺北市：高寶國際, 2020.01
面；　公分. --

ISBN 978-986-361-775-4(平裝)

863.57　　108020377

GOBOOKS & SITAK GROUP©